KB138304

중딩들은 반.성.중.

# 중딩들은 반.성.중.

자주 반항하고 때때로 반성하며 매일 조금씩 반짝반짝
성장하는 중딩들의 이야기

**초판 1쇄 인쇄_** 2021년 02월 15일 | **초판 1쇄 발행_** 2021년 02월 18일
**지은이_** Enjoy Writing Books | **엮은이_** 김다정 | **펴낸이_** 진성옥 오광수 | **펴낸곳_** 꿈과희망
**디자인 · 편집_** 권현정
**주소_** 서울시 용산구 한강대로 76길 11-12 5층 501호
**전화_** 02)2681-2832 | **팩스_** 02)943-0935 | **출판등록_** 제2016-000036호
E-mail_ jinsungok@empas.com
ISBN_ 979-11-6186-095-4 43810

이 책에 사용된 사진 및 이미지는 학생들이 직접 직접 제작한 이미지와 공유가 가능한 저작권 프리
공개 자료를 활용했습니다. 필요한 경우 출처를 밝혔으며, 저작권법 제 35조의 3 "저작물의 통상적
인 이용 방법과 충돌하지 아니하고 저작자의 정당한 이익을 부당하게 해치지 아니하는 경우에는 보
도, 비평, 교육, 연구 등을 위하여 저작물을 이용할 수 있다."에 따라 활용하였습니다. 기타 수록 내
용은 학생 개인 작품으로 무단 복제 및 배포를 금합니다.

2021 대구광역시 교육청 책쓰기 프로젝트
고산중학교 '중딩! 책쓰다' 세 번째 이야기

# 중딩들은
# 반.성.중.

자주 반항하고,
때때로 반성하며,
매일 조금씩 반짝반짝
성장하는 중딩들의 이야기

고산중 'Enjoy Writing Books'_ 글
김다정_ 엮음

꿈과희망

책머리에

『 중딩들은 반.성.중. 』
자주 반항하고, 때때로 반성하며, 매일 조금씩 반짝반짝 성장하는 중딩들의 이야기

　완전히 달랐던 한 해. 예기치 않은 불청객 '코로나19'와 함께 기억될 2020년을 보냈습니다. 겨울방학-학년말 방학-온라인 개학이라는 긴 시간을 거쳐 봄이 훨씬 더 지나서야 등교하기 시작한 아이들은 그새 몰라보게 또 훌쩍 커 있었습니다. 훤칠해진 키만큼이나 마음과 자세도 함께 말이지요. 오랜 기다림 끝에 만났지만 이 상황에서 동아리 활동을 할 수 있을까 하는 우려와 책쓰기 동아리를 홍보할 시간이 없다는 걱정이 많았습니다. 그럼에도 불구하고 사랑스럽고 열정적인 몇몇의 친구들이 책쓰기 동아리 'Enjoy Writing Books'에 자발적으로 참여해 주어 이렇게 우리는 올해도 열심히 글을 쓰게 되었습니다.

　예년보다 훨씬 늦게 시작한 탓에 가장 먼저 우리가 함께 써 나갈 주제를 서둘러 정했습니다. '중학생'이라는 독자를 정해 두고 여러 제안이 나왔습니다. 중학생의 하루, 십대들의 관심사, 중딩 자

서전, 중학생용 로맨스 소설, 포토북, 중학생 추천 도서 소개 등 의견들이 쏟아져 나왔습니다. 어느 하나도 포기할 수 없었던 우리는 이 소재들을 함께 묶어 낼 수 있는 큰 범위 '성장'이라는 주제를 잡게 되었습니다. 때로는 부모님이나 선생님께 반항하고 친구와 다툼을 겪기도 하는 십대 중학생. 그렇지만 이런 자신을 반성하기도 하며 조금씩 반짝이며 빛나게 성장 중인 우리의 모습. 그 현실적인 모습들을 글로 담아 솔직하게 보여주기로 했습니다.

이렇게 우리는 '성장'이라는 주제로 중학생들의 마음과 일상, 고민, 감정을 담아 보았습니다. 가볍게는 학창시절을 울고 웃으며 함께 보내는 친구를 소개하기도 하고, 우정과 고민을 담은 청소년 단편 소설을 통해 보통의 중학생들이 어떻게 성장하고 있는지를 풀어나가기도 했습니다. 또한 작가와 문학 작품 속에 담긴 성장의 의미를 찾고 해석해 보며 우리가 어떻게 자라 나가야 하는지에 대한 나침반을 사뭇 진지하게 고민해 보기도 했습니다.

'나는 어떻게 살아야 하나? 그리고 어떻게 성장하고 싶은가?' 라는 질문을 스스로에게 던지고 끊임없이 고민하며 저희는 『중딩들은 반.성.중.』을 완성했습니다.

자주 만나지는 못했지만 학교 도서관에서 서로의 의견을 교환하기도 하고, 각자의 글을 묵묵히 쓰며 노력한 현민 · 민규 · 예준 · 유민 · 태림 · 송비 · 예지 · 다혜 · 준현이 모두 고맙습니다. 비록 함께 하지 못한 활동들이 많아 아쉬움이 많이 남는 시간이었지만 스스로 나와 주변을 되돌아보며 글을 썼고, 이러한 경험들이 자신의 삶의 주인으로 잘 성장해 나가기 위한 한 걸음이 되었으면 합니다.

무엇보다 '중딩! 책쓰다' 프로젝트를 꾸준히 이어갈 수 있도록 지지해 주신 김준태 교장 선생님, 김규희 교감 선생님. 그리고 학생들의 정성어린 글들이 아름답게 피어날 수 있도록 멋진 출판의 기회를 주신 대구시교육청, 함께 고민하고 아름답게 작업해 주신 꿈과 희망 출판사 여러분께 감사를 드립니다. 어설프고 부족한 글이지만 이런 첫걸음이 참여한 학생들에게 큰 꿈을 키워주었고 빛나게 성장할 수 있는 기회가 되었으리라 생각합니다.

등교를 비롯하여 여러 가지 교육활동과 사회생활이 어려웠고 모두가 몸도 마음도 힘들었던 해입니다. 훗날 2020년은 힘들었지만 함께 위기를 잘 넘긴-새로운 도약의 해로 기억되기를 바랍니다. 그리고 그 추억 속에 우리의 '성장' 책쓰기도 한 자리 남겨질 수 있다면 더욱 좋겠습니다.

마지막으로 모든 학생들이 앞으로도 행복하고 건강하게 성장하기를 바라며 저희 동아리 결과물 『중딩들은 반.성.중』을 펼쳐주신 여러분께 감사드립니다.

2021년 2월 _ 평범한 봄을 기다리며
지도교사 김다정

# 차    례

※ 참가 학생들의 2020학년도 학년 - 반 순입니다.

# 큰 꼬맹이

---

Enjoy Writing Books

2학년 이현민

## 저를 소개합니다

# 이현민

- **나이** : 15세. 무서운 나이 중2
- **나의 꿈은** : 미정
- **나의 취미** : 축구, 놀기 + 글쓰 . . .기?
- **좌우명** : 익숙함에 속아 소중함을 잃지 말자
- **지금 이 순간의 가장 큰 관심사** : 시험, 미래, 공부, 축구

**나는 ○○하게 성장 중이다.**

: 나는 부족함 없이 잘 성장 중이다.

- 지금 생각으로 나는 부족함 없이 무난하게 성장 중이다.
  특별히 부족한 점 없는 것 같다. 조심조심 잘 크고 있다.
  (정말 잘 크고 있는 것이겠지?)

**나는 이런 어른이 되고 싶다.**

: 나는 큰 사람이 되고 싶다.

- 나는 남에게 피해 주지 않고 마음의 부족함이 없어 여러
  사람을 포용할 수 있는 큰 어른이 되고 싶다.

# 신체검사

스르륵 끼익!


"천 원이죠?"
"500원"
버스 기사님이 승민이에게 말했다.
"저 중학생인데……."
승민이는 어제 학원에 가기 위해 교통카드를 학원 가방에 넣어 놓았었는데 지갑에 있는 줄 알고 놓고 왔다. 오랜만에 타다 보니 혹시나 하는 마음에 다시금 버스비를 확인해 보고 급하게 주머니에서 동전을 꺼내 버스 요금함에 넣었다. 버스 기사님께서 오백 원이라고 하셨지만, 천 원을 넣었다. 오백 원은 초등학생 요금이라는 것을 아니까.

또래 친구들보다 성장이 느린 승민이는 초등학생이라는 이야기를 제법 듣곤 한다. 자리를 찾기 위해 버스 안을 둘러보았지만, 등교 시간과 출근 시간에 겹쳐 학생들과 어른들이 북적였다. 승민이는 버스 천장 손잡이에 손이 닿을 듯 말 듯 닿지 않아 의자 옆에 봉을 잡고 선다.

도착하는 데 20분. 승민이는 피곤해 눈을 감아봤지만, 다리가 아파 잘 수가 없었다. 피곤한 마음에 버스 창밖으로 보이는 길가 상가들을 보며 멍을 때리고 있었다. 순간 승민이의 멍을 깨우는 도착 소리가 들렸다.

이번 정류장은 보라중학교 앞. 다음 정류장은……

"으앗!"

승민이는 오늘도 늦잠을 자서 벌써 8시 27분이다.

버스정류장에서 학교까지는 2분…….

버스에서 내리자마자 승민이는 전력 질주 모드로 변신해 교문 안으로 미끄러지듯 재빨리 들어갔다.

딩~동댕~동~~~~ 딩~동댕~동~~~~

"휴! 오늘도 겨우 살았다."

승민이는 안도의 한숨을 내쉬고는 여유로운 발걸음으로 반에 들어갔다.

"우리 학년 오늘 신체검사 있는 거 알지? 지금 바로 보건실에 내려가서 할 거야."

'아우씨 그게 오늘이었어? 어제 줄넘기 100개라도 할 걸 그랬는데... 아우'

담임 선생님의 말씀에 승민이는 짜증과 걱정이 섞인 목소리로 중얼거렸다.

지난번 신체검사 때도 승민이는 키가 작고 뚱뚱하다고 놀림 받았었다. 하지만 별수 없이 선생님을 따라 내려갔다.

가나다순 출석번호로 6번인 승민이는 줄을 서서 자신의 차례가 오지 않기만을 바라고 있었다. 하지만 애석하게도 곧 승민이의 차례가 돌아왔다.

"저기 신장계 위로 올라가렴."

보건 선생님이 친절하게 승민이에게 말했다.

승민이는 그래도 키가 아주 조금이라도 더 커 보이고 싶어서 아주 살짝 티 안 나게 뒤꿈치를 들었다.

"학생 뒤꿈치 내려."

조금 전까지 친절하시던 보건 선생님의 목소리는 단호하게 바뀌며 말씀하셨다.

"네."

신장계가 기분 나쁘게 승민이의 머리를 쿡 찍고 올라갔다.

"됐어. 이제 내려와."

승민이는 내려오면서 살짝 키를 봤다.

'에이씨, 하나도 안 컸잖아.'

승민이는 자신의 조그마한 키를 보고 실망하며 내려왔다.

"자, 번호순서대로 나와서 신체 검사결과표 받아가."

교실로 돌아온 선생님께서 말씀하셨다. 승민이는 조마조마한 마음으로 다른 친구들이 보지 못하게 받자마자 보지도 않고 반으로 접어 가방에 쑤셔 넣었다. 쉬는 시간이 되자 어김없이 친구들은 자신의 키를 자랑하며 떠들고 다녔다. 한창 클 나이의 아이들이라 한 해 한 해 쑥쑥 자라 몰라보게 다르다. 하지만 승민이는 키가 크길 기다리는 중. 친구들이 자신의 자리에 오지 않기만을 바라며 혼자 책상에 열심히 좋아하는 그림을 그리고 낙서도 하고 있었다. 하지만 어김없이 친구들은 승민이 자리로 왔다.

"어이 꼬맹이 오늘은 키 얼마 나왔냐?"

"보나마나 140쯤 나왔겠지? ㅋㅋㅋ"

친구들이 승민이의 신체 검사표를 찾기 위하여 승민이의 가방을 뒤지기 시작했다.

"야! 하지 마."

승민이가 짜증과 반항을 해봤지만 소용없었다.

"올~143? 우리 꼬맹이 쫌 컸네? ㅋㅋㅋ"

우리 반에서 가장 키 크고 덩치도 좋은 성훈이가 승민이를 비꼬는 말투로 말했다. 그러니까 옆에 친구들도 같이 깔깔 웃으며 놀려댔다. 승민이는 작년부터 친구들보다 유독 키가 작아 이맘때쯤이면 놀림을 많이 당했다. 승민이를 특히 괴롭힌 건 성훈이 무리였다. 하지만 선생님은 승민이의 마음도 모른 채 또 성훈이와 같은 반에 배치했다. 선생님 탓이 아니라면, 하늘도 무심하시지. 하필 그 많고 많은 아이들 중에 성훈이와 같은 반이라니.

'하, 이게 아닌데.'

하지만 벌써 신체 검사표를 성훈이가 빼앗아가 별수 없었다. 승민이는 친구들이 또 이걸로 1년 동안 놀리며 우려먹을 거라고 생각하니 앞날이 막막해졌다.

# 축구시합

"얘들아 파이팅!"

우리 팀의 주장이자 에이스인 성훈이가 소리쳤다. 오늘은 1반과 축구시합이 있는 날이다. 보라중학교 2학년 반 대항전 축구 결승전인 이번 경기에서 이기면 담임 선생님이 모두에게 햄버거를 사주신다고 해서 우리 반 친구들은 그야말로 맹연습을 했다. 나는 축구를 정말 잘하지는 않지만 그렇다고 특별히 못하지도 않는다. 수비수를 하면 못한다는 소리 듣지 않게 어느 정도는 막을 수 있다. 하지만 주장인 성훈이가 나를 전반전 주전 명단에서 제외시켜서 뛰지도 못한다. 사실, 보이지 않는 곳에서 열심히 연습을 했지만 어쩔 수 없었다. 또 우리 팀 수비수는 승민이보다 축구 실력과 축구에 대해 무지한 키만 큰 영재이다. 키 크다고 다 운동 잘하는 것도 아닌데 말이다. 그래서 난 성훈이한테 화가 나서 따지고 싶었지만, 우리 반 일진 같은 성훈이가 무섭기도 하고 시끄러운 이야기를 만들어 내기도 싫었다. 사실 어차피 성훈이는 '넌 키가 작아서 안 돼.'라고 할 게 뻔하니까……. 참기로 했다.

삑! –

체육 선생님의 호각 소리와 함께 축구 경기가 시작됐다. 1반에는 우리 학교 최고 에이스인 경수가 있었지만, 나머지 친구들이 영 받쳐주지를 못한다. 그래서 우리 반이 전반전만 잘하면 유리한 상황. 혹시나 우리가 기세를 몰아 전반전 결과가 좋으면 조금 마음 편한 후반전에는 투입시켜주지 않을까 하는 희망을 가지고 전반전을 지켜봤다. 전반전의 결과는 정말 다행히도 우리 반의 완승이었다. 우리 반이 잘한 것보다는 상대방이 못해서 그런 것 같다. 그래서 전반전이 끝난 쉬는 시간에 나는 기대를 잔뜩 하고 있었다.

그때 성훈이가 나에게 다가왔다.

"야, 김승민 너 이번에 영재랑 교체해서 뛰어."

성훈이가 나에게 말했다. 순간 순진하게도 이전까지 당한 게 다 괜찮아진 기분이었다. 나도 우승하는 반의 선수가 될 수 있는 것이다. 나는 허겁지겁 운동장을 뛰고 친구들과 패스 연습을 했다.

삑! –

후반전이 시작되었다.

그런데 실망스럽기는 전반전 벤치 때와 마찬가지였다. 교체는 됐지만 아무도 내게 패스를 해주지 않는 것이다. 아무리 열심히 막고, 뛰고, 소리 질러 봐도 아무도 나한테 관심 가져 주지 않았다. 그러던 나에게 드디어 공격기회가 왔다.

"헉헉, 민준아! 여기야, 여기 나한테 패스 줘!"

나는 만반의 준비를 했다.

하지만 민준이는 뒤에 있는 성훈이에게 패스를 했다. 그리고 그 순간 '삑~삑~삑~' 호각 소리가 들리며 경기가 종료되었다.

결과는 5 : 1. 우리 반의 압승이었다. 성훈이와 아이들은 좋다고 난리가 났다. 결과는 이겼지만 난 기분이 좋지 않았다. 터벅터벅 나는 혼자 교실로 올라가 물을 벌컥벌컥 마셨다. 어차피 마지막 수업은 내가 가장 싫어하는 과목인 수학이어서 그냥 엎드려 잤다.

딩동댕동~ 딩동댕동~

종소리에 깨어보니 수업이 끝나 있었다.

종례를 듣는 둥 마는 둥 하고는 부리나케 집으로 달려가 컴퓨터로 한참 그림을 그리다가 곧 게임을 시작했다. 나의 부모님은 맞벌이셔서 때문에 낮 시간에는 좀 자유롭다. 그리고 학교 친구들보다 게임에서 만난 친구들이 나를 더 잘 이해해 주었다. 학교에서는 내가 아무리 잘해도 칭찬이나 인정해 주는 사람이 없고 난 그냥 가만히 조용히 있는 애 같았는데 게임세상에서는 게임만 잘하면 모두가 인정해 주기 때문이다.

/깨톡/

"어라? 이 시간에 나한테 깨톡 할 사람이 없는데?"

게임하다 말고 폰을 들여다보니 승민이와 초등학생 때부터 친구이던 우리 반 재민이한테 깨톡이 와 있었다. 그나마 우리 반에서 제일 친한 애다.

재민 : 승민아 너 어디야?
승민 : 나 집이지
재민 : 우리 반 축구 이겼다고 지금 햄버거 먹고 노래방 왔는데?

그 순간 승민이는 배신감이 들었다. '헉, 뭐야. 내가 아무리 종례를 마치고 바로 나왔다지만 아무도 나에게 말 안 해주다니.

승민 : 어느 노래방이냐?
재민 : 근데 거의 끝나 가는데…
승민 : 아, 지금이라도 갈까? 기다렸어? 내꺼 남겨놓았지?
재민 : 아니……. 너 없는 줄 방금 알았어……. 미안해. 지금 올래? 내가 기다릴게.

승민이는 그 순간 화가 나서 폰을 침대 위로 던졌다.
'너무한 거 아냐? 오늘 축구에서도 내가 없었으면 4골은 더 먹혔을걸? 흥'
이 마음속 말을 깨톡에 썼다가 다시 지워버렸다. 괜히 더 구차해 보였다. 대답도 하기 싫었다.
그리고 어차피 재민이 말처럼 지금 가 봐도 끝날 것이라 생각하고 게임에 집중하기 시작했다. 타닥타닥. 그런데 오늘따라 게임도 재미없었다.

"아이 씨. 졌잖아!"

게임에서 지자 의자를 박차고 일어나 침대에 누웠다.

정말이지 게임도 안 풀리는 날이다.


/깨톡/

주말 아침. 깨톡이 오는 소리를 듣고 잠에서 깨어났다. 시계를 보니 시침이 8시를 가리키고 있었다. '이른 시간부터 누구지?'라고 생각하며 폰을 찾았다. 그 사이에도 깨톡이 쉬지 않고 울려댔다. 깨톡에 들어가 보니 우리 반 아이들이 나를 단톡방에 초대해 이야기하고 있었다.


/깨톡/

-야, 너 여기 없었냐?

-존재감이 없으니까 ㅋㅋㅋ

-ㅎㅇ 승민~~

-내가 초대했어.

-이제 들어왔음? 뭐임?

-어서 와

-헐, 지금 왔냐?


승민이는 눈곱이 가득 낀 눈을 비비며 우리 반의 깨톡을 확인했다.

승민이는 순간 어리둥절했지만, 곧바로 상황파악이 되었다.

벌써 1학기가 다 지날 무렵인데 우리 반만 단톡방이 없다는 것이 의문이었던 승민이는 이제까지 우리 반 단톡방은 있었지만 자기만 초대받지 못했다는 사실을 깨달았다.

승민이는 친구들이 보내는 깨톡에 대답하지 않았다. 승민이는 감정이 복잡해졌다. 머리도 복잡해졌다.

지금까지 자신을 깨톡방에 초대해 주지 않은 친구들에 대한 배신감이 이제라도 친구들이 자신을 초대해 줘 친구들과 소통이 가능해졌다는 아주 약간의 반가움보다는 훨씬 더 컸다. 밖에서는 엄마가 밥을 먹으라고 고함치고 폰에서는 쉬지 않고 깨톡이 울려댔다. 승민이는 엄마 말을 무시한 채 폰을 끄고 다시 눈을 감았다. 그냥 아무것도 생각하고 싶지 않았다.

# 동창회

스르륵 (주차하고)

삐빅 (문 잠그고)

탁탁 (옷 가다듬고)

승민이는 자신의 리무진 문을 열고 내렸다. 더는 2-3반 찐따 김승민이 아닌 인기 웹툰인 'Small Fighter'의 작가이자 180cm의 건장한 청년 김승민이다. 'Small Fighter'는 500부작을 돌파하면서 현시대 최고 작품이라고 평가되는 웹툰이다. 리무진에서 내린 승민이는 그랜드 호텔에 들어가면서 '보라중학교 동창회에 오신 걸 환영합니다!'라고 적힌 현수막을 보며 미소를 지었다. 당당하고 멋진 발걸음으로 엘리베이터 7층 버튼을 누른 뒤 주변의 시선을 피해 폰으로 눈길을 돌렸다. 휴대폰 카메라로 나를 찍는 사람이 있는가 하면 삼삼오오 소곤소곤 이야기하는 사람, 오랜만에 만나 반갑다며 인사하고 싶어하는 눈치의 친구들도 있었다. TV에도 몇 번 출연한 적이 있던 터라 이제 제법 그를 알아보는 사람이 많다. 하지만 그중 누구도 웹툰 작가 승민을 예전의 '2학년 3반 찐따 김승민'이라고 생각하는 사람은 없었을 것이다.

7층 행사장으로 들어가 43기 테이블에 앉았다. 옛날에 은근히 승민이를 괴롭히던 친구들과 놀리던 친구들이 모두 쳐다보았다. 그들의 눈빛엔 '얘 누구야?', '이런 애가 우리 학교에 있었나?'라고 쓰여 있었다. 궁금증과 함께 말이다.

승민이는 두리번거리며 학창시절 부러움의 대상이자 너무나 미웠던 성훈이를 찾아보았지만 아직은 보이지 않았다. 친구들은 승민이를 마치 연예인 보듯 바라보며 얘기를 나누고 싶어 했지만, 막상 그들과 별로 얘기를 하고 싶은 마음이 없었다. 승민이는 동창회장에 모인 사람들이 부러움의 눈빛으로 승민이를 쳐다보는 것을 내심 즐겼다. 그때 2학년 3반 친구들에게 '그래! 나 2학년 3반 찐따 김승민이다!' 하고 소리치고 싶었지만 참았다. 주위에서는 오랜만에 만나서 반갑게 대화하는 소리가 들리고 무대 위에서는 전문 사회자가 동창회 행사의 시작을 알리고 있었다.

혼자 계속 폰을 보며 시크하게 테이블에 앉아 있는데 입구 쪽에서 2학년 3반 때 가장 많이 챙겨주었던 재민이가 소리를 지르며 자신의 쪽으로 달려오고 있었다. 먼저 재민이를 봤지만, 반응을 크게 해도 민망하고 너무 모른 척해도 미안할 것 같아 그냥 못 본 척 휴대폰을 만지작거리고 있었다. 그때 재민이가 재빠르게 옆 의자에 앉으며

"너 승민이지? 와~ 어쩜 사람이 이렇게 변할 수 있냐? 진짜 오랜만이다. 너 TV에서 본 적 있어!"

라고 말했다. 승민이는 저절로 어깨가 올라갔다.

"고마워. 너도 잘 지냈지? 얼굴에 잘 지낸다고 쓰여 있는데? 반갑다."

승민이가 대답했다. 오랜만에 만나보는 친구여서 살짝 들뜬 승민이는 잠시만 들렀다가 바로 일어서야지 했던 처음의 생각을 접고 접시에 음식을 담고 술도 같이 마시며 얘기를 나눴다. 취기가 오른 승민이는 알딸딸한 기분으로 재민이에게 말했다.

"나중에 우리 작업실이나 집에 한번 놀러 올래?"

"올~그럼 나야 좋지, 영광이다, 야!"

재민이가 말했다.

그때 무대에서 사회자가

"자! 이제부터 동창회의 꽃인 경품 추첨을 시작하겠습니다. 상

품은 삼〇의 40인치 TV, 애〇의 맥북, 엘〇의 스마트 냉장고 등 고가의 상품들이 많이 준비되어 있습니다. 그럼 이제 시작하겠습니다!"라고 외쳤다. 참가자 모두가 환호하며 사회자를 바라보았고 마침내 경품 추첨이 시작됐다. 초반에는 크게 비싸지 않은 상품들을 추첨했는데 우리 쪽 테이블과는 인연이 없었다. 사실 이제 제법 경제적 여유가 있는 승민이는 경품에 큰 관심도 없었다. 승민이의 번호는 73번이었다.

"이제 고가의 상품만 남았는데요, 이번에는 프리미엄 전기자전거입니다. 두구두구, 과연? 이번 번호는 칠십~"이라고 사회자가 말하는 순간 승민이는 자신도 모르게 흠칫 자신의 번호를 바라보았다. 86번인 재민이의 입에선 벌써 탄식의 한숨이 흘러나왔다.

"칠일시이입 구번입니다! 축하드립니다!"

기대하지 않았던 승민이도 무릎을 치며 괜히 아쉬워했다.

"자, 다음은 마지막. 모두가 기대하는 맥북입니다!"

여기저기서 함성을 질렀다.

"이번 추첨은 동창회장님께서 도와주시겠습니다. 회장님 앞으로 나와 주세요."

사회자의 말에 회장님이 계단 위로 올라왔다.

"와, 당첨자는 정말 좋으시겠어요. 맥북 당첨자는 두구두구두구.... 바로 칠십~~~~삼번입니다!"

'어어? 이거 나 아닌가?' 승민이는 당황했고 재민이는 손으로 승민이의 등을 치면서 부러운 듯 축하해 주었다. 하지만 승민이는 무대 위로 나가지 않았다. 그러자 사회자는 "73번 없나요?"라며 확인을 했고, 승민이는 재빠르게 그 번호표를 재민이 손에다 쥐어 주었다. 재민이는 의아해하며 "왜?"라고 물었고 승민이는 멀뚱멀뚱 쳐다보고만 있는 재민이에게 씨익 웃으며 등을 떠밀었다. 승민이는 주목받고 싶지 않았다. 그리고 중학교 때의 은근히 나를 챙겨주었던 재민이에 대한 고마움과 미안함의 표현이라고나 할까? 재민이는 무대를 향해 달려가며 소리쳤다.

"여기 있어요! 칠십삼 번이요!"

재민이는 사회자에게 번호표를 보여주고는 뛸 듯이 기뻐하며 맥북을 받아들고 기념사진 촬영까지 마치고 테이블로 달려왔다. 다른 애들도 재민이를 축하하기 위해 우리 테이블로 몰려왔고 그 정신없는 상황 속에서도 재민이는 나에게 계속 고맙다고 인사했다. 나는 아니라며 손사래를 치며 도리어 축하한다고 말하였다. 행사 후 뿌듯한 마음으로 집으로 돌아왔다. 그리고 씻자마자 바로 잠이 들었다. 중학교 시절 꼬맹이 김승민이 아니라 큰 사람이 된 기분으로 푹 잤다. (아 참? 성훈이는 왜 안 보였지? 눈에 띄지 않아 찾기 힘들었던 걸까?)

# 강의

띠링

눈을 비비며 일어난 승민이는 폰을 들고 수신된 문자를 확인했다. 모르는 번호에서 온 장문의 문자였다.

동창회에 와 주셔서 정말 감사합니다.
저는 보라중학교 현재 2학년 3반 담임교사입니다.
승민 씨의 친구 재민 씨(동창회 총무)께 부탁드렸고, 연락처를 알려주셔서 연락하게 되었습니다. 웹툰도 정말 잘 보고 있습니다.
제가 듣기론 승민 씨가 재학 시절 2학년 때 3반이셨다고 들었습니다. 그래서 저희 반에 오셔서 후배들에게 승민 씨의 학창 시절과 현재를 담은 강의를 해주셨으면 해서요.
가능하다면 꼭 문자 부탁드립니다.

승민이는 잠시 고민했다. 별로 기억하고 싶지 않은 학창시절이었지만, 자신의 중학생 시절과 비슷한 처지의 후배들을 도와주고 싶어 하겠다고 결정하고 답장을 보냈다.

네, 학생들과의 만남. 설레네요. 그럼 5월 27일 가능할까요?
제가 이날 일정이 비어 있어서요.

바로 답장이 날아왔다.

저희는 언제든 좋습니다.
강의를 해주신다니 정말 감사합니다.
학생들과 기다리고 있겠습니다!

뚜.벅.뚜.벅.

와~~~! 승민이가 반으로 들어가니 여기저기서 함성소리가 터져 나왔다. 요즘에는 유튜버나 웹툰 작가가 아이들의 선망 직업인데, 요즘 인기 절정인 김승민 작가라니! 아이들은 들떴다.

"안녕하세요 여러분. 김승민 작가입니다. 만나서 반가워요. 저도 이 학교 2학년 3반이었답니다."

"제가 오늘 여러분과 함께 나누어볼 이야기의 주제는 '나답게 사는 법'입니다. 우리 모두 자신만의 꿈을 꿔 봤죠? 어릴 적에는 대통령, 의사, 선생님처럼 멋지거나 자신이 좋아하고, 하고 싶은 일로 정하지요. 하지만 중학생쯤 되면 현실을 깨닫고 공무원처럼 안정된 직장을 원하게 돼요. 그리고 고등학생이 되면 좋은 대학에 붙는 것이 소원이 되지요. 제 중학생 때 꿈은 선생님이었어요. 안정된 직장이니까요. 근데 제가 웹툰 작가가 된 이유는 무엇이었을까요? 바로 그림 그리기와 생각입니다. 전 사실 좀 외톨이었어요. 자발적인 외톨이가 아닌 요즘 말로 은따? 혹은 그게 더 심하면 찐

따라고 하죠? 친구들이 저를 끼워주지 않았거든요. 친구들이 축구를 하는 동안 혼자였던 저는 그림 그리기에 열중했지요. 또 저는 제가 그린 그림에 아주 큰 자부심이 있었어요. '나는 다른 친구들보다 그림 그리기만은 잘할 수 있어'라는 생각을 늘 가지고 있었어요.

결국 혼자 있는 시간에 그린 그림이 지금 제가 웹툰 작가가 되는데 일등공신이 되었지요. 잘하고 좋아하는 것을 하다 보니 성공할 수 있었다고 생각해요. 생각은 무한한 힘을 가지고 있어요. 할수 있다고 생각하면 실현될 확률이 훨씬 높아지지요."

"선배님, 저도 웹툰 작가가 꿈인데 선배님은 첫 웹툰 부터 성공하셨나요?"

한 학생이 승민이에게 질문했다.

"아니, 사실 처음 1-2년은 웹툰을 그리는 족족 실패했어요. 아무도 봐주지 않았어요. 댓글들도 후기도 너무 안 좋았구요. 하지만 나는 포기하지 않았어요. 그러다 4번째인 이번 웹툰이 히트를 칠 수 있었답니다. 실패한 원인을 분석하고 계속 창작했거든요."

"와~~~! 멋져요."

"전 여러분들도 무엇이든지 할 때 실패했다고 포기하지 않았으면 좋겠어요."

"작가님은 중학교 때부터 인기가 많으셨던 거 아니에요?"

"사실 중학교 때 저는 키가 150cm도 안 됐습니다. 반에서 제일 작았어요. 그리고 뚱뚱했어요. 특별히 잘하는 것도 없었고, 엄청 소심했었구요. 그래서 친구들에게 놀림도 많이 받았어요. 하지만 지금 키는 180cm가 넘는답니다. 물론 키와 성공은 전혀 비례

하지 않습니다. 단지 지금 키가 작아서 힘들어한다거나 시험 성적이 좋지 않다거나 외모가 잘 나지 못한다고 해서 절대 슬퍼하지 않아도 된다는 것을 말하고 싶어요. 자신이 좋아하는, 잘할 수 있는 것을 하면서 가장 자신다운 자신을 찾아보세요. 자신을 가지고 자기가 좋아하는 일을 하며 행복을 느끼며 자신의 삶을 사는 것, 그게 행복입니다. 여러분 모두 행복하길 바라거든요. 모두 오랜 시간 재미없는 강의 듣느라 수고 많았어요. 이상으로 제가 준비한 강의는 모두 마치도록 하겠습니다. 여러분 모두 화이팅!"

승민이의 강의를 들은 아이들은 모두 승민이에게 감사의 마음과 진심을 담은 박수를 쳤다.

그리고 승민이는 강의 중 눈에 띈, 반에서 가장 왜소하지만 반짝이는 눈으로 바라보던 아이에게 윙크를 한 뒤, 자신에 찬 걸음으로 2학년 3반에서 걸어 나왔다.

# 후기

✽

    슬프게도 글을 쓰기 전에 축구를 하다 손가락이 골절돼 글을 쓸 때 상당히 불편했다. 만약 손가락을 다치지 않았다면 조금 더 잘 쓸 수도 있지 않았을까 살짝 변명을 해보기도 한다. 시간이 제법 걸린 이 글을 다 쓰고 보니 부끄러운 부분도 있지만, 마음이 제법 뿌듯하다.

    내가 이 글을 쓰게 된 이유는 나도 어릴 때 친구들보다 성장이 느리고 키가 다른 친구들보다 작았기 때문이다. 그래서 속상한 적이 많았다. 나는 친구들에게 중학생 때의 키가 결코 다 자란 키가 아니므로 놀리지 말라는 것을 보여주기 위해 이것을 소재로 계획했다. 그리고 다른 힘이 되는 이야기들도 더해 보고 싶었다. 그래서 내가 어른이 되었을 때 이 글을 읽고 '내가 중학생 때에는 키가 작았었구나'라고 회상하고 웃으면서 이 글을 읽고 싶다. 물론 어른이 되었을 때 키만 큰 사람이 아닌 마음 · 세상을 보는 눈, 지식이 함께 자란 진정 큰 사람이 되어서 말이다.

# 아!(我), 인터뷰

Enjoy Writing Books

2학년 김민규

## 저를 소개합니다

### 김민규

- **나이** : 15세
- **나의 현재 꿈** : 현재는 로봇 공학자입니다.
  (물론 1년에 한 번 정도씩 바뀌는 것 같지만요 ^^)
- **내가 좋아하는 것** : 음악, 로봇, 야구, 농구, 흑당 버블티,
  고기, 랍스터, 영화, 랩, 우원재 등등(좀 많죠...?)
- **좌우명** : 불평할 시간에 노력하자.

**나는 ○○하게 성장 중이다.**

: 나는 즐겁게 성장 중이다.

– 즐겁다고 생각하면 즐거운 생활이 되는 것 같다. 긍정적
이고 밝은 마인드가 중요하다. 생각하는 대로 변화할 수
있는 것. 나는 즐겁게 성장중!

**나는 이런 어른이 되고 싶다.**

: 모든 세대를 존중하는 어른이 되고 싶다.

– 꼰대가 되지 말자. (나이만큼의 생각을 가진 존경 받을 수
있는 어른이 되면 좋을 것 같다.)

## 머리말

안녕하세요!

너무나도 지극히 평범한 중2 남학생 김민규라고 합니다. 사실 저는 이 머리말 쓰는 와중에도 앞으로 써 내려 갈 인터뷰를 고민하고 있답니다. 잘 써야 할 텐데 말인데 하면서 말이죠. 인생 동안에 숙제를 제외하고서 작가처럼 이렇게 노트북을 두드리면서 '글'을 써 볼 기회는 그리 많지 않은 것 같습니다. 저 조차도 이 기회가 아니었다면 초등학교 시절의 일기와 독후감, 중학교 시절 간단한 숙제가 다였을지도 모르겠네요. 그런 의미에서 저는 행운을 잘 잡은 셈이네요! (선생님이 이렇게 글을 쓰는 것 자체가 정말 의미 있고 값진 경험이고, 우리는 모두 학생 작가라고 하셨거든요.)

올해 저희 책쓰기반의 함께 쓰기 주제는 '성장'입니다. '고민', '놀기'. '자서전', '시' 등 다양한 주제가 후보에 올랐는데요. 다수의 지지를 얻은 '성장' 후보가 당선이 되었습니다. 어찌 보면 굉장히 쉬울 수도, 한편으로 꽤나 넓은 주제라 어려울 수도 있을 것 같아 고민이 많이 됩니다. 그리고 코로나19로 아쉽게도 만날 시간이 많이 없어서 동아리 시간에 쓰지 못해 친구들과 소통하며 글을 쓰기 어려운 점이 아쉽기도 해요. 아무튼 저는 이제 소설을 쓸 텐데 부족한 점이 많더라도 응원해 주실 거죠?

# 프롤로그

※ 본 소설에 나온 인물들은 가상의 인물임을 알려드립니다.

우원재 : "안녕하세요!"

사회자 : "어 그래, 고산 중학교 2학년 6반 16번 우원재 맞나?"

우원재 : "맞긴 한데요… 어떻게 아셨죠?"

사회자 : "너 빼곤 다 와 있으니까 그렇지. 마지막으로 왔으니 벌칙이 있어야겠네."

우원재 : "예?? 아니 말하신 시간이 10시잖아요! 20분이나 일찍 왔는데."

사회자 : "겨우 20분? 딴 애들은 2시간 전에 왔어!"

우원재 : "헉, 다 여기 바로 앞에 사세요?"

사회자 : "아, 몰라. 빨리 인터뷰 하러 가자!"

우원재 : '나 잘못 온 건가……'

우원재 : "아저씨!"

사회자 : "왜? 그리고 나 앞날이 창창한 청년이거든!"

우원재 : "풉ㅋ. 어쨌든, 이 인터뷰 주제가 뭐죠?"

사회자 : "그것도 모르고 왔어? 청소년들이 대체로 어떻게 노는지, 뭘 좋아하는지에 관해서 인터뷰할 거야. 서둘러~ 모두들 기다리니 빨리 가자!"

우원재 : "네."


# 1


사회자 : "자, 인터뷰를 시작해 볼까. 다 알고 있겠지만 이 인터뷰는 청소년들은 물론 어른들도 많이 구독하는 포스트코리아 신문 특집호에 실리니 신중히 대답해 주길 바래, 원한다면 이름은 가명을 쓸 수도 있다고 생각했는데, 모두 입장하기 전에 개인 정보 활용 동의서에 읽고 동의를 해줘서 고마워. 각자 자기소개부터 한번 해보자."

(우원재가 들어올 때 이어폰으로 노래 듣고 있던 아이부터 순서대로 말한다. 편의상 oo, yy, zz로 이름을 명함)

김oo : "안녕하세요! 매범중 2학년 3반 4번 김oo입니다."

이yy : "안녕하세요. 노벽중 2학년 7반 21번 이yy입니다."

박zz : "안녕하세요. 덕일중 2학년 1반 22번 박zz입니다."

우원재 : "안녕하세요. 고산중 2학년 6반 16번 우원재입니다."

사회자 : "자, 그럼 일단 기분 좋은 상상부터 해 봅시다. 오늘은 드디어 기말고사 시험 끝난 날! 시험이 끝난 날이라 상상하고, 뭐부터 하러 갈 거야?"

김oo : "전 집 갈 건데요. 랩 가사 써야 되거든요."

사회자 : "오~~ 그대의 꿈은 래퍼구나?"

김oo : "네. 그래서 열심히 가사 쓰고 녹음도 하며 매일 조금씩 연습하고 있어요."

사회자 : "근데 그러면 노래방 같은 데서 연습하니?"

김oo : "아뇨. 노래방에선 제 노래는 안 나오잖아요. 제 노래를 잘해야죠. 그래서 저는 그냥 제 방에서 해요. 너무 시끄럽지 않게 조심하면서요."

사회자 : "그럼 yy는?"

이yy : "저는 피방 갈 거예요."

사회자 : "아, PC방 줄임말이 좀 예쁘면 좋을 텐데, 가면 뭐하고 놀아?"

이yy : "일단 오버워치 1시간 정도 하고, 배고프니까 라면 한 그릇 먹어주고, 롤, 배그 같은 거 더 하다가 집에 가요."

사회자 : "남자 친구들은 PC방 많이 가지? PC방의 어떤 점이 좋은 거야?"

이yy : "일단 게임 마음대로 할 수 있고, 맛있는 게 많잖아요.

요즘은 PC방 음식도 배달될 정도로 맛있어요!"

사회자 : "춥고 더운데 왔다 갔다 하는 거보다 집에서 게임 하는 게 더 편하지 않아?"

이yy : "저도 그러고 싶죠. 근데 부모님이 컴퓨터를 안 사주시니까 이러죠. 혹시 아저씨가 사주실래요? 하하, 집에 컴퓨터가 있다고 해도 PC방의 사양을 따라갈 수가 없어요."

사회자 : "그렇구나. 다음 zz는?"

모두 : "ㅋㅋㅋㅋ"

박zz : "전 집 갈 것 같아요."

사회자 : "왜?"

박zz : "집에 가서 공부해야 되요."


zz를 제외한 나머지 : (안색이 창백해진다)……


박zz : "장난이고요. 집에 갔다가 6시쯤에 근처 야구장에 야구 보러 가고 싶어요. 요즘 야구 시즌이잖아요."

사회자 : "야! 순간 '얘가 미쳤나' 생각했잖아. 다음 원재는?"

우원재 : "저도 집 갈래요."

사회자 : "제발 공부한다고는 말하지 마."

우원재 : "가방 버리고(?) 바로 영화관 가겠습니다!"

사회자 : "주로 어떤 장르 보는데?"

우원재 : "전 액션이요. 마블, 분노의 질주, 미션 임파서블 같은 거요. 아니면 심각하게 생각 안 하고 볼 수 있는 코미디도 재

믰던걸요."

사회자 : "오케이! 일단 앞은 워밍업이었으니까 우리 5분 쉬고 다시 인터뷰 하자. 수고했어."

<br>

#2

<br>

사회자 : "자, 2차 인터뷰!"

"이번엔 각자 취미에 대해 말해 보자"

김oo : "전…"

사회자 : "아니! 이번엔 반대로 돌아가야지!"

김oo : "니예~ 니예~"

우원재 : "전 야구 엄청 좋아해요. 뭐 잘하는 정도까진 아닌데 재밌어서 시간 나면 네*버 들어가서 야구 뉴스 보고 그래요. 초딩 때는 주말 일요일 2시쯤에 늘 야구를 했는데 중학교 오면서 거의 못하고 있어요."

사회자 : "나도 야구 엄청 좋아해. 보면서 힐링하지, 난."

박zz : "(큰 목소리로) 전 영화 보는 거 좋아해요. 일요일 저녁밥 먹기 전후로 하나 정도 볼 시간이 나서 시험기간 아니면 꼭 봐요."

사회자 : "(웃으며)zz야… 나도 좋아하는 거 말 좀 하자"

박zz : "전 막은 적 없는데요. 단지 제가 좋아하는 게 막 생각이

나서 그랬죠, 뭐. 히히."

　　사회자 : "그래, 아무튼 넌 어떤 장르 좋아해?"

　　박zz : "저도 원재랑 비슷해요."

　　이yy : "전 음악 감상이요. 그냥 기분 안 좋을 때 제가 좋아하는 노래들을 들으면 힐링이 돼요. 그 시간이 제일 좋아요."

　　사회자 : "그럼 오늘 집에 가선 노래 100곡은 듣겠네?"

　　이yy : "네? 왜요?"

　　사회자 : "너희 내일 성적표 나온다며? 259명 중의 등수도 나오구, 하- 나의 경험으로 볼 때 성적표 나오는 날은 늘 기분이 안 좋더라구. 미리 기분은 좋게 해서 학교 가야지."

　　이yy : "거기에 -258등 하면 제 등수네요."

　　사회자 : "진짜로?"

　　이yy : "끝까지 들으셔야죠. 지금은 중간고사고, 방금 말한 건 내년~~~~ 기말고사 때 성적이에요"

　　사회자 : "닥터 yy레인지?"

　　김oo : "아…… 전 취미는 딱히 없는 것 같은데… 아! 저도 노래 듣는 거 좋아하긴 해요. 혹시 슈어라고 아세요?"

　　사회자 : "슈어(sure : 물론이지)!"

　　김oo : "아니요, 그 슈어 말고 슈어(shure)라는 브랜드요. 이어폰 브랜드인데…"

　　사회자 : "근데 그건 왜?"

　　김oo : "제 이어폰이 슈어 se846이거든요. 한 120만 원?"

　　사회자 : "얘들아, 조용히 oo잡아 볼까 우리"

김oo : "처음에 저도 무슨 이어폰이 그렇게나 비싸? 헉, 그랬는데, 근데 확실히 다르다니까요. 음질이 진짜요."

사회자 : "근데 너 아직 중2잖아. 학교에서 뺏기거나 혹시라도 친구들과 함께 쓰다가 고장이라도 나면 엄청 난감하지 않아?"

김oo : "정말 모든 선물을 끌어다 보아서 어렵게 사주신 거고, 제 물품 중에서 가장 고가라서 그래서 학교엔 안 가지고 가요. 집에서만 소중하게 ㅎㅎ"

사회자 : "그럼 예를 들어서 학교에서 현장 체험 학습 이런 거 갈 때는 뭐 가지고 가?"

김oo : "에어팟 프로요."

사회자 : "근데 둘 다 너무 비싼 거 아니야?"

김oo : "사실 에어팟은 없고, 그럴때는 그냥 AKG기본 이어폰 갖고 가요. 그런데 요즘 애들 전부다 이어폰에 엄청 관심 많고 좋은 거 가지고 있는 애들 많아요"

박zz : "근데 아저씨."

사회자 : "왜? 할아버님?"

박zz : "왜 oo만 인터뷰가 이렇게 길죠? 지금 차별하시는 거는 아니죠?"

사회자 : "너희가 이렇게 이야기를 하고 싶어 할 줄 몰랐네. 사실 너희가 대답을 다 재미없게 했잖아. oo봐. 얼마나 인터뷰가 활기차고 즐겁니~ 하하) 그건 아니구, 너희 모두 말할 시간 충분하단다! 너희 이야기 모두 귀 기울여 열심히 들을 거야."

이yy : "네. 성격 좋은 저희가 그냥 넘어가겠습니다."

사회자 : "이제 책에 대해 한번 말해 볼까?"

김oo : "음, 책이라면 독서력? 독서 관련한 내용인거죠? 그럼 또 자신 있죠. 제가 또 초등학교 시절부터 유명한 수성구 독서왕 김독서 아닙니까?"

사회자 : "오, 책이라고 싫어할 줄 알았더니 반응 좋습니다. 그럼 이번에는 zz이부터!"

박zz : "네! 초등학교 6년, 중학교 2년. 다독상 수상 5회에 빛나는 박zz입니다! 전 초등학교 때는 학교도서관 진짜 많이 갔어요. 제 생각에 5학년이 가장 절정이었던 것 같고요. 기억에 남는 책은 〈해저 2만리〉"

이yy : "네! 초등학교 6년, 중학교 2년. 다독상 수상 0회로 빛나지 않는 이yy입니다! 전 아기 때 말고는 책이랑은 가까이 하지 않았던 것 같아요. 왠지 뭔가 지루하다 해야 하나? 전 몸을 움직여서 활동적으로 하는 게 좋은 것 같아요. 책은 가만히 앉아서 보니까 좀… 지루해요."

사회자 : "그러면 기억에 남는 책은 없는 거야?"

이yy : "가장 마지막에 읽은 책이 앤서니 브라운의 그림책 중 〈킹콩〉이던가?"

사회자 : "역시 자신을 많이 탐구하고 성찰하는 yy야!"


이yy를 제외한 나머지 : ㅋㅋㅋㅋㅋㅋㅋㅋㅋ


김oo : "예! 이번에는 저 김독서입니다! 제가 읽은 책 중 가장 기억에 남는 책은 프란츠 카프카의 〈변신〉입니다. 이 책은 주인공 그레고르가 어느 날 갑자기 벌레로 변하면서 일어나는 일을 담은 책인데요! 책 싫어하는 yy를 제외하고는 모~두 읽어 보시기 바랍니다! 신선한 소재이기도 하고 재미있어요. 생각거리도 있구요!"

사회자 : "오, 나는 고등학교 때 읽었던 책인 것 같군. 결국 죽음을 맞이하는 주인공이 안타까웠지. 다음 원재!"

우원재 : "전 소설 종류 좋아해요. 그중에서도 SF 쪽 재미있는는 거 같아요. 물론 예외적으로 〈해리포터〉도 있긴 하지만요."

사회자 : "SF 소설이란 게 어떤 거?"

우원재 : "마션 아세요? 마크 와트니 나오는 영화기도 한데, 그거 책도 있거든요. 책이랑 영화 비교 둘 다 재밌어요!개인적으로는 책을 더 추천합니다. "

사회자 : "오- 나는 제목만 들었고, 아직 못 읽어 봤어. 꼭 봐야겠다. 너희한테 얻는 정보도 많다. 고마워. 자, 이제 잠깐 쉬고 3부 가자."

# #3

사회자 : "이번에는...."

김oo : "아니 근데 잠깐 쉰다고 그러셨잖아요"

사회자 : "쉬었잖아?"

김oo : "우리 독자 분들은 안 쉬고 바로 읽으시잖아요."

사회자 : "그런 걸 소설적 허용(?)이라고 하는 거야. 알았지?"

김oo : "하하, 네……"

사회자 : "이번엔 스마트폰 켜자마자 바로 들어가는 앱에 대해 말해 보는 시간을 가져 볼까 해. 십대들은 어떤 앱을 많이 활용하는지에 대해 말이지."

우원재 : "전 일단 카톡이요. 일단 친구 소식 확인하고, 이모티콘 새로 나온 거 있나 봐요."

김oo : "요즘은 페북이죠! 일단 팔로우 한 친구 소식 쭈욱 다 보고 그다음부터 제가 올리던지 다른 앱 켜요."

이yy : "유튜브가 제일 흔하지 않나요? 일단 컨텐츠도 다양하고 자기가 좋아하는 걸 찾아볼 수 있잖아요. 전 요즘 긱블, 사나고 이런 만드는 거 많이 보는데."

박zz : "물론 저도 유튜브에서 어몽어스 유튜브도 보고 하지만, 아무래도 제일 기본인 검색 사이트 초록창을 젤 먼저 켜는 것 같아요."

사회자 : "근데 너희들이 말한 게 다 데이터 드는 앱들이잖아. 특히 유튜브는 많이 사용되고. 그럼 너희 데이터가 어느 정도 되는 거야?"

우원재 : "전 1.5GB라서 보통은 와이파이 많이 잡아 쓰고 와이파이가 느리거나 안 되면 데이터로 써요."

김oo : "전 부모님이 후한 요금제를 해주셔서 5GB인데 보통 쓰면 한 5~6GB 써서 초과요금 조금 나오긴 한데, 오히려높은 단계 요금제 10GB 주는 것보다는 요금이 더 싸서 이렇게 쓰고 있어요."

이yy : "전 10GB에요. 거의 무제한으로 쓰고 있어요. 뭐 학원이 멀어서 오고 갈 때 버스에서 유튜브 보고, 노래 듣고 하면 거의 9GB~10GB정도 다 써요."

박zz : "헉, 전 엄청 적네요. 뭐. 500MB밖에 안 돼요. 유튜브는 집에서 봐야 되고, 밖에서 카톡 사용하는 거 외에는 거의 인터넷은 안 켜요. 켤 수가 없죠."

사회자 : "그럼 너희가 생각할 때 평균적으로 이 정도는 있어야겠다는 일종의 기준 수치가 있니?"

박zz : "음, 많으면 많을수록 좋지만 적어도 5GB는 있어야 기본적으로 쓸 수 있지 않을까요?"

이yy : "전 제가 선택할 수 있다면 무제한이면 좋겠어요. 눈치 하나도 안 보고 쓸 수 있잖아요."

김oo : "사람들마다 사용량이 다르니까 무제한으로 3개월 정도 써 보고 최고치보다 조금 더 높게 잡으면 초과될 일도 없고 좋지 않을까요?"

우원재 : "저도 ㅇㅇ의견이 좋은 것 같아요."

사회자 : "오케이~잘 메모 했어. 잠깐 쉬고 4부 가자. 얘들아."


(이번에는 독자 분들도 쉬셔도 됩니다. ^^)


# #4


사회자 : "이제 질문 2가지가 남았습니다. 여러분이 죽기 마지막으로 먹고 싶은 음식은? 청소년들이 좋아하는 음식이 궁금해."

이yy : "전 엄마표 집밥이요. 아무리 그래도 태어나서 처음 먹은 진짜 음식이 엄마 음식인데 엔딩도 기억할 수 있는 음식이 되어야 하지 않겠어요?"

사회자 : "구체적으로 엄마 음식 중 뭐?"

이yy : "전 꽃게탕 갈래요. 칼칼하면서도 꽃게 발라먹는 재미도 있고 맛있어요. 아! 이걸 점심으로 먹고 저녁엔 엄마표 버터 전복이랑 각종 반찬 먹으면 좋을 것 같아요. 물론 저보다는 엄마가 세상을 먼저 떠나실 확률이 많아 먹을 수 없을 수도 있지만요. 갑자기 급 슬프네요."

박zz : "전 제가 제일 좋아하는 음식이요. 점심은 간단하게(?) 랍스타 먹고, 저녁엔 원없이 고기 먹을래요. 물론 중간 에 간식으로 아이스크림도 먹어야죠."

김oo : "전 버블티 하나에 만족합니다."

사회자 : "너무 소박한 거 아니야?"

김oo : "소박하다뇨. 펄을 녹인 흑당을 컵 밑에 돌려 깔고, 우유와 연유를 넣고 빨대로 빨아먹으면 특유의 흑당 맛과 쫄깃한 타피오카 펄이 같이 올라오는데 그게 뭐가 소박해요? 하나를 먹어도 제가 좋아하는 걸로 먹어야죠. 비싸고 싼 걸 떠나서요."

사회자 : "예............... 죄송합니다............(웃음)"

우원재 : "전 라면이요. 솔직히 학원가고 그럴 때 라면을 많이 먹어서 그런지 몰라도 익숙하고 종류별로 골라 먹을 수 있으니까 좋은 거 같아요. 그리고 죽기 전에 해야 할 일도 많은데 빨리 먹어야 할 것 같구요. 편의점에 들어가서 좋아하는 매운 라면이랑 쿨피스 집어 들면 행복할 것 같아요."

사회자 : "너도 일상적이고 엄청 소박하구나. 의견이 다양하네."

우원재 : "아니, 인류가 만들어낸 100대 발명품 중 하나인 라면(출처 미상 : 지극히 본인 기준)을 그렇게 말하시다뇨. 그게 얼마나."

사회자 : "미안해. 라.면.은. 아.주. 뛰.어.난. 발.명.품.이라는 거 꼭 기억할게요!"

우원재 : "네! 맞아요."

사회자 : "자, 이제 진짜 마지막 질문! 공부는 왜 할까?"

우원재 : "전 사실… 엄마한테 안 혼나려고? 시험 기간에만 집중적으로 공부하고 평상시엔 딱히 안 해요. 사실 공부 하기도 싫고 재미도 없는데 잘하면 엄마가 또 칭찬해 주고 하니까 억지로

한 것 같아요."

이yy : "전 제 꿈을 위해서 한다고 생각해요. 물론 하기 싫긴 하지만 우리나라가 공부로 능력을 평가하다 보니까 공부 잘하면 나중에 제가 선택할 수 있는 길이 많아질 것 같아요."

박zz : "전 솔직히 말하면 제가 사고 싶은 거 살려고요. 엄마가 보통 시험에 목표 등수를 정해 주고 그걸 넘으면 사고 싶은 거 하나씩 사주시거든요."

김oo : "음… 전 나중에 무식하지 않은 래퍼 되려구요. 우리나라 사람들은 예체능을 공부와는 거리가 멀다고 생각하는 경향이 있는 것 같아요. 그리고 래퍼라고 공부 안 해도 되는 건 아니잖아요. 오히려 사회에 나가서 TV에서 실언하고 인기 하락하는 연예인이 얼마나 많은데요. 전 지적인 래퍼가 되고 싶어요."

사회자 : "그럼 oo랑 yy 빼고는 부모님께서 뭔가를 보상해 주시니까 그걸 바라고 하는 거네? 앞으로도 쭈욱 좋을까?"

박zz : "앞으로까지는 생각 안 해봤는데 지금은 사실 저한텐 좋죠. 원래는 명절이나 용돈 모아서 사는 건데 공부해서 성적 잘 나오면 기분도 좋고, 원하는 거 살 수도 있으니까 일석이조죠."

사회자 : "근데 그럼 엄마가 뭐 안 사주시면 공부는 안 할 거구?"

박zz : "처음엔 그렇게 생각했는데 자꾸 해서 성적 올라가니까 기분은 또 좋고 그래서……잘 하지는 못해도 완전히 안할 수도 없을 것 같아요. 헤헤"

우원재 : "전 사실 안 할 수 있다면 안 할 거 같아요. 공부에 그다지 재미를 느끼진 않아요. 안 하고 싶어요. 클수록 마음이 또 바

뛸 수도 있지만요"

사회자 : "알았어. 너희와는 1년 후쯤 다시 또 인터뷰를 하고 싶어. 괜찮다면 꼭 다시 한번 응해 주길 바랄게. 변화된 너희의 모습을 보고 싶거든. 어쨌든 오늘 인터뷰는 여기서 끝이란다. 이 아저씨가 사실은 기자란다. 준비한 문화상품권 하나씩 받아가고, 지금부터 이 장소의 숨겨진 비밀을 소개합니다!"

사회자를 제외한 나머지 : "에엥?"

(주변을 둘러싸고 있던 커튼이 떨어지고 아이들과 사회자를 촬영하던 카메라들이 드러난다.)

사회자 : "이 카메라들은 KAS 방송 특별 생방송 촬영을 위해 여기 있습니다! 즉 여긴 책 모양 스튜디오로 TV에 동시 생중계 되고 있다는 뜻이죠!"

김oo : "아니 이거 신문에 실릴 인터뷰라면서요!"

사회자 : "이제 이 방송을 본 기자들이 이 인터뷰 방송에 대해 기사들을 쓸 테니까 맞는 말이기도 하지."

참가 학생들 : "아… 더 예쁘게 꾸미고 왔어야 했는데… 많은 친구들 중에 우릴 뽑은 이유가 뭔지 궁금해요. 수많은 중학생 중에서요."

사회자 : "사실 기준은 랜덤 추첨이었단다. 다양한 학교의 다양한 학생들을 만나보고 싶었거든. 생방이라서 혹시 인터뷰를 하기 싫어하거나 다른 변수들이 생길까 봐 걱정했는데 무사히 솔직한 너희 이야기를 해줘서 다행이고 고마워. 혹시 마지막으로 하고 싶은 이야기들 있나요?"

이yy : "엄마! 나 TV 나왔어!

김oo : "십대들 힘내세요!"

박zz : "부끄럽지만 시청해 주셔서 감사합니다."

우원재 : "부모님 사랑합니다. 공부 열심히 할게요.(하하)"

사회자 : "이상으로 방송을 마치겠습니다!  팟!

# 후기

솔직히 제가 잘 썼는지 못 썼는지는 모르겠습니다. 짧은 글이지만 사실 이 글 속에는 제 의식의 흐름이나 생각들이 일부 반영되어 있었거든요. 머리말을 잘 읽으신 분은 알겠지만 주인공들이 좋아하는 것들이 제가 좋아하는 것들을 바탕으로 썼습니다. 이 글을 쓰기 전까지만 해도 '나도 단편 소설 쓸 수 있겠는데?'라는 생각이 솔직히 있었습니다. 학생 작가들도 많다고 하니까요. 하지만 이 짧은 글을 쓰는데도 수없이 고민했고, 어떤 문장으로 시작하고 끝내야 할지 고민했습니다. 역시 작가는 힘든 일이구나를 느꼈습니다. 지금 쓴 글은 부족하지만 앞으로는 이 경험을 바탕으로 더 잘할 수 있지 않을까 생각합니다. 이제는 여러 작가님들이 쓰시는 글에는 피와 땀과 정성이 들어갔다는 것을 다시금 생각하며 책을 읽어야겠습니다.

제 글도 부디 재밌게 읽으셨길 바랄게요! ^^

(+덧붙여)

책쓰기반을 선생님께서 동아리 글을 쓴 저희를 위해

따로 인쇄해 주신 책이 있습니다. 부모님도 보셨고, 학교에서 친구들이 '아! 인터뷰'라고 놀리기도 했습니다. 심지어 이 책에 글을 함께 쓴 예준이라는 친구가 영어 학원에 가져가서 다음날 다른 반인 저에게 선생님이 "민규 학생, 글을 참 잘 쓰더라고요."라는 말까지 들었습니다. 솔직히 전혀 예상하지 못해서 약간 당황했습니다. 그래서 그 자리에서 역으로 우리 예준이의 이야기를 풀어드렸답니다. 당황하고 부끄럽기도 했지만 그래도 제 글을 사람들이 읽는다는 것 자체가 처음이라 신선하고 재미있는 경험인 것은 분명 확실합니다.

# 예준이의
# 성장 이야기

Enjoy Writing Books

2학년 장예준

## 저를 소개합니다

### 장예준

- **나이** : 15세
- **나의 꿈** : 아직 없다. 고민하고 있는 것은 많다.
- **태어난 해** : 2006년 아름다운 가을
- **나의 취미** : 축구하기, 음악 듣기, 유튜브 보기, 게임하기
- **내가 좋아하는 가수** : 아이유, 창모, 김하온
- **나의 롤모델** : 창모, 손흥민
- **요즘 관심 있는 것** : 시험, 코로나19, e학습터, 롤, 카러플

**나는 ○○하게 성장 중이다.**

: 나는 음악과 함께 성장 중이다.

– 나는 음악을 정말 좋아한다. 그래서 요즘 늘 음악을 듣고 있다. 나의 사춘기 · 성장 시절을 생각하면 음악을 뺄 수 없을 것 같다.

**나는 이런 어른이 되고 싶다.**

: 나는 좋은 어른이 되고 싶다.

– 인기, 부, 명성을 가지고 있고 인성까지 좋은 어른이 되고 싶다. 그렇다면 지금보다 더 열심히 살아야겠지?

## 머리말

먼저 이 글을 쓰게 된 계기는 내가 동아리로 '책쓰기반'을 신청했기 때문이다. 책쓰기반 담당하시는 사서 선생님께는 조금 죄송하지만 솔직히 처음에는 생각했던 다른 동아리를 하려고 했는데 그 동아리가 마감이 돼서 다음으로 살짝 생각하고 있던 '책쓰기반'에 들어오게 돼서 처음에는 실망도 했었다.

그렇지만 지금은 아~~주 매우 만족하는 중이다. 왜냐하면 책쓰기 동아리를 하면서 선생님이 동아리 시간에 소개해 주신 새로운 여러 책들도 알게 되었고, 무엇보다 내가 살면서 앞으로 이렇게 글을 써볼 기회가 많이 없을 것 같기 때문이다. 잘 쓸 수도 못 쓸 수도 있지만 이렇게 해본다는 경험이 중요한 것 같다.

나의 글에서 나오는 이름은 흔한 이름들이기는 하지만 내가 좋아했던 웹드라마 '일진에게 찍혔을 때'에서 나오는 이름과 현재 좋아하는 가수인 아이유의 본명을 사용했고, 기타 내가 예쁘다고 생각하는 이름들로 구성했다. (단 친구 이름의 경우 미리 친구들에게 등장할 수 있음을 미리 공지하였다.) 유치할 수도 있지만 중학생들은 재미있게 봐 줄 수도 있을 것 같다. 우리가 좋아하는 사춘기 학생들의 두근거리는 우정과 사랑 이야기 속에 학교나 일상이 더해져서 말이다.

그럼 머리말은 이렇게 짧게 하고 본론으로 넘어가겠다.

# PART I

등장인물 (단순한 인물 구성)


장예준 : 18세(2학년 7반)

특징 : 올해 전학을 왔고 뚱뚱하고 안경을 씀. 몹시 소심한 성격 탓에 전학 온 첫날에 자기소개를 할 때 떨고 말을 더듬어서 다른 아이들에게 만만하게 보여 하늘고등학교 왕따가 됨. 아버지가 ASI 그룹 팀장, 어머니는 대한민국 최고 대학교 아라 대학교 교수임.


지현호 : 18세(2학년 7반)

특징 : 대한민국 최고 그룹 ASI그룹 회장의 손자. 싸움을 잘하고 얼굴도 잘생김, 공부도 잘함. 오른팔 김인성(2학년 3반), 여자 최고 일진 김민지(2학년 10반)랑 같이 다님.

이지은 : 18세(2학년 7반)

특징 : 2학기에 전학을 옴. 예쁘고 공부도 잘하고 복싱을 좋아함. 성격이 쾌활하고 특히 노래를 잘 부름. 나에게 친절하게 대해줌. 나의 첫 여사친, 나의 다이어트, 운동을 도와줌. 아버지가 복싱올림픽 금메달을 땄음. 그야말로 쏘 쿨함.


## 학교 가는 길


오늘은 여름방학식을 하는 날이다. 나는 오늘이 세상에서 제일 기쁜 날이다. 다른 학생들은 내일부터 학교를 안 나와서 좋다고 하지만 내 이유는 조금 다르다.

"어이 장예준이!"

이 목소리는 우리 학교 일진 지현호의 목소리다. 지현호는 학교를 설립한 ASI그룹 회장의 손자이자 이사장님 아들이다.

"어? 왜 그래?"

"야! 대답 빨리 대답 안 하냐? 지금 빨리 튀어가서 딸기우유 하나 사와라."

"알겠어."

나는 곧장 매점으로 뛰어 갔지만 딸기우유는 없었고 흰 우유만 있어서 어쩔 수 없이 흰 우유를 사갔다.

"야! 딸기우유가 아니잖아!"

라고 말하면서 나의 얼굴을 한 대 쳤다. 나는 화가 났지만 참을 수밖에 없었다. 왜냐하면 나는 왕따니까. 이래서 여름방학이 좋다는 것이었다.

내가 이렇게 왕따가 된 데에는 이유가 있다. 먼저 나는 뚱뚱하고 겁이 많다. 그리고 전학을 워낙에 많이 다녀서 친구도 별로 없다. 그냥 혼자 있는 게 편하다. 하늘고등학교로 온 첫날 나는 자기소개를 해야 했고, 창피해서 얼굴이 빨개지고 말도 더듬었다. 누구나 내가 엄청 떨고 있다는 걸 알 정도로 말이다. 그날 이후 지현호는 나를 만만하게 봤다.

잠시 후 선생님이 들어오고 선생님이 말씀하셨다.

"오늘 전학생이 왔습니다. 이리 들어오렴."

그리고 단정하게 교복을 입은 한 여학생이 들어왔다. 그 여자애는 정말 예뻤다. 나 말고 다른 아이들도 관심이 있는 듯했다. 심지어 지현호까지 관심이 있는 듯했다.

"자 첫날이니까 자기소개 한번 해봐라." 선생님이 말했다.

"안녕. 내 이름은 이지은이야. 나는 노래 부르는 것을 좋아하고 춤추는 것도 좋아해! 만나서 반가워!"

밝고 명랑하게 여자아이가 말했다. 그리고 선생님이 다시 말을 꺼냈다.

"저기, 얼마 전 전학 온 예준이 옆자리 비었네. 저기 앉아.".

"네~"

지은이가 내 옆에 앉아 말을 꺼냈다.

"안녕 네 이름은 뭐야?"

지은이가 물었다.

"어… 어… 나는 나는 장예준이라고 해."

나는 현호에게 들킬까 봐 작게 말했다.

**"딩동댕동~ 딩동댕동~"**

쉬는 시간이 되었다. 쉬는 시간이 되자마자 남자아이들이 지은이 자리로 몰려왔다. 하지만 현호 때문에 다른 아이들은 말도 해 보지 못하고 현호가 말했다.

"안녕? 나는 지현호."

"안녕? 나는 이지은이야."

"너 나랑 매점 갈래? 전학 환영으로 내가 한턱 쏠게."

"아니. 난 다이어트 중이라서 미안."

지현호는 당황한 듯 보였다. 나는 우리 학교를 반년 동안 다니면서 지현호의 호의를 거절한 애는 처음 봤다.

**"딩동댕동~딩동댕동~"**

종이 치고 수업을 들었다. 이 일 뒤로 지현호는 쉬는 시간에도 계속 "매점 가자.", "학교 소개해 주겠다." 등 지은이에게 계속 말을 걸었지만 지은이의 대답은 '노'였다. 하지만 나에게 하는 태도는 달랐다. 내가 말하면 대답을 잘해 줬다. 이렇게 여사친이 생긴 것은 내 인생 처음이었다. 내가 여학생들에게 말을 하면 모두가 나를 피했었는데, 이 아이는 다르다.

**"딩동댕동~딩동댕동~"**

오늘도 6교시가 끝나고 나는 지현호에게 갔다. 그리고 자연스럽게 지현호, 그리고 지현호의 부하 김인성, 여자 일진 김민지의 가방을 받아 들고 따라갔다. 그리고 그 아이들은 근처 아파트 옥상에 가서 나를 이유 없이 괴롭히거나 담배를 피고 놀았다. 특히 지현호가 나를 괴롭힐 때는 며칠 전부터 전학생 지은이에게 거절당한 한이 맺혀 있는 듯 특히 더 심하게 괴롭혔다. 잔심부름에 숙제에 한 대씩 치기까지. 모든 것을 내 탓으로 돌렸다. 그 녀석은 항상. 그렇게 머문 지 1시간째 나는 너무 힘들어서 걔들이 화장실을 간 타이밍에 몰래 빠져나왔다. 몰래 빠져나와 서둘러 집에 가고 있었다. 집에 가기 전 나는 학교에 먼저 들렀다. 학교에 가서 깜빡하고 두고 나왔던 휴대폰을 챙기고 다시 길을 나섰다. 가는 길에 나는 빵도 사먹고 과자, 음료수까지 사먹었다. 그러다가 뛰어가던 전학생 지은이의 어깨에 부딪혔다. 지은이는 날 못 본 것 같았다. 그리고 지은이는 그냥 가버리고 발밑에는 열쇠고리가 떨어져 있었다. 그래서 나는 열쇠고리를 들고 뛰기 시작했다. 이렇게 열심히 뛰어 본 적은 처음이었다. 숨이 턱까지 차올랐다. 그리고 지은이를 잡아서 말을 걸었다.

"지은아! 너 이거 떨어뜨렸어."

열쇠고리를 건네주며 말했다. 가방을 쳐다보며 지은이가 말했다.

"어? 진짜네? 고마워!"

"근데 너는 어디 가는 길이야?"

"나? 나는 저녁에 복싱 학원 다니고 있어서 거기 가는 길이야. 너는?"

"나는 그냥 집에 가고 있어."

"그래. 그럼 같은 방향이면 나랑 같이 가자."

이 말을 듣고 너무 놀라 멀뚱멀뚱하게 서 있었는데 갑자기 지은이가 끌고 갔다. 그래서 어쩔 수 없이 따라갔다. 세상에나, 복싱장까지 말이다.


"안녕하세요. 제가 오늘 친구 한 명을 데리고 왔어요."

"그래? 혹시 이 친구니?"

나를 가리키며 복싱장 관장님이 말씀하셨다.

"네! 이 친구가 다이어트를 하고 싶어 해서요."

지은이가 나를 보며 씽긋 윙크를 하며 말했다.

"정말이니?"

관장님이 묻자 나는 당황해서 나도 모르게 "네, 네에."라고 했다. 그리고 잠시 지은이가 관장님께 가서 뭔가를 소곤소곤 말하더니 관장님이 나를 보시고

"내가 다이어트, 자기방어 싸움 둘 다 성공하게 해주지."

라고 말했다.

정말 웃기고 이상하지만 다음날부터 나는 복싱장에 나가서 운동을 하기로 했다. 생각보다 재미있을 것도 같았다. 지은이는 나를 데리고 와 놓고선 오늘은 다른 일 때문에 바빠서 못 온다고 해서 어색 열매를 가득 먹은 나만 갔다.

"안녕하세요?"

"아! 어제 봤던 학생!?"

관장님이 나를 향해 활짝 웃으시면서 말했다. 제법 인자해 보이신다.

"네."

"그럼 바로 시작하자!"

말이 끝나기 무섭게 관장님은 나에게 줄넘기를 가져다 주셨다. 초등학교 이후 거의 한 적 없는 줄넘기인데 말이다.

"천 개 해라."

라고 말씀하시곤 다른 아이가 들어와서 가셨다. 멍하니 서 있던 나는 시작했다. 하지만 나에게는 100개도 힘들었다. 헉헉 거리고 땀이 비 오듯 쏟아졌다. 그래서 사각지대에서 몰래 쉬고 있었는데 잠시 후 관장님의 목소리가 들렸다.

"다하고 쉬는 거니?"

"아뇨. 너무 힘들어서요."

관장님이 호통을 치며 빨리 다하라고 했다. 첫 인상이 모두 맞는 법은 없는가 보다. 나는 너무 힘들어서 조금 비겁해 보이기는 하지만 몰래 도망을 쳤다.

**"띠리링~ 띠리링~"**

잠시 후 지은이에게 전화가 왔다.
"여보세요?"
"너 지금 어디야?"
"나 지금 밖인데. 햄버거집 앞."
"거기 딱 있어. 지금 내가갈게."
전화가 끊어졌다.

**"뚜뚜뚜뚜"**

그리고 10분 후 지은이가 왔다. 뛰어온 듯이 숨을 헐떡이고 있었다.
"나랑 같이 다시 복싱장 들어가자."라고 지은이가 말했지만 나는 고개를 저었다.
"왜 갑자기 나한테 아무 말도 없이 하자 그러는 건데! 나 운동안 좋아하고 힘들어."
순간 지은이가 멈칫했다.
"알았어. 그러면 네가 오고 싶을 때 와."
짧게 말하고 지은이는 멀어져 갔다. 그리고 나는 터덜터덜 걸으며 집으로 갔다. 집으로 가서 혼자 밥을 먹고 오늘 일에 대해 생각을 해보았다.
'하~ 어떻게 하지? 복싱장에 다시 나가야 하나? 하~'

싶은 한숨을 쉬며 잠에 들었다. 다음날 나는 늦잠을 자고 평소 하듯이 TV 보고 게임도 했지만 마음 한가운데 무거운 느낌은 사라지지 않았다.

그날 저녁부터 다음날 하루 종일 복싱장 생각만 했다. 갑자기 지은이에게 문자 한 통이 왔다.

'난 네가 꼭 와 줬으면 좋겠어.'

이 문자를 보고 마음이 더 무거워졌다. 사실 이렇게 나를 챙겨주는 아이도 없었는데 말이다. 복싱장 처음 간 날이 월요일 이었는데 오늘은 벌써 금요일이다. 다른 날 같았으면 금요일 저녁을 제일 좋아했는데 갑자기 밥맛도 없었다. 그리고 문득 '내가 여기서 왜 이렇게 무기력하게 이러고 있을까?', '왜 나는 왕따에서 벗어나려고 노력하지 않을까?', '나도 이제는 일진들에게서 벗어나서 나만의 삶을 살아야겠다.' 등의 생각들이 스쳐 지나갔다. 밥이 중요한 게 아니었다. 난 바로 복싱장으로 뛰어갔다. 급한 일도 없는데 나의 의지로 그렇게 뛰기는 참으로 오랜만인 일이었다.

헐떡이는 숨을 몰아쉬며 복싱장에 도착해 문을 열었다. 역시 예상대로 지은이가 복싱을 하고 있었다. 그리고 살짝 문어 안을 들여다보는 나를 발견하더니 활짝 웃었다.

"잘 왔어!"

지은이는 많이 묻지 않았다. 그냥 다시 온 것을 환영한다고만 말했다. 그리고 같이 운동하면 재미있을 것이라고 용기를 줬다. 몸은 아주 솔직해서 노력하는 만큼 변화한다고! 나는 지은이 말대로 진짜 다음날부터 열심히 운동을 하면서 다이어트를 하고 복싱까지 열심히 했다.


## 2학기 시작!


오늘은 8월 31일.

여름방학이 끝나고 2학기가 시작되는 날이다. 한 달간 엄청나게 열심히 운동을 열심히 한 결과 나는 다이어트에도 제법 성공했다. 내가 복도를 지나가면 주변에서 애들이 수군대는 소리가 들렸다.

"야. 쟤 진짜 인물 나지 않냐?"

"올~ 살 빼니까 잘생겼는데?"

"인정! 겁나 잘 생겨지고 있음. 사람이 달라지네."

라는 목소리가 들려왔지만 나는 기분 좋게 무시하고 지은이에게 갔다. 우리는 방학 때 함께 운동한 뒤로 많이 친해졌다.


"야! 매점 가자. 오늘 급식 진~~짜 맛없음."

"정~말 가고는 싶은데 곧 종 치는데?"

"헐? 맞네! 그냥 다시 반이나 가자. 그 대신 다음 쉬는 시간에는 매점 가는 거다!"

"알았어~"


**"딩동댕동~ 딩동댕동~"**

종이 치고 담임 선생님이 들어왔다. 그리고 날 가리키며, "어머나, 넌 누구니?"라고 물으셨다. "저요? 장예준인데요."라고 대답을 하니까 선생님이 "니가? 그 장예준 이라고? 엄청 많이 달라졌네!"라고 하시고 계속 감탄을 멈추지 못하셨다. 그리고 오늘 하루 종일 날 보며 계속 감탄만 하셨다. 운동을 하니까 살도 빠지고 키도 커져서 몰라보겠다며 무엇이든 이렇게 열심히 하는 게 좋다고 훈화도 잊지 않으셨다.

흐뭇한 그리고 수업을 듣고 나는 지은이와 운동을 하고 집에 갔다. 이런 일상이 계속 이어졌다.

비로소 학교가 조금은 재미있었다. 그리고 무엇보다 여사친이 생겨서 참 좋았다.


## 학교 축제


오늘은 9월 11일 학교 축제가 있는 날이다. 학교에서는 각 반마다 장기자랑을 준비했다. 우리 반은 합창을 준비했다. 그런데 갑자기 선생님이 들어와 급한 표정으로 말하셨다.

"지은이가 없어졌다!"

"네?"

우리 반 애들은 술렁거렸고 나또한 그 말을 듣자마자 밖으로 지은이를 찾으러갔다. 지은이는 나의 베프인데 혹시 무슨 일이 생겼나 걱정이 되었다.

"지은아! 지은아!"

온 학교를 찾았지만 지은이는 찾지 못했다. 그렇게 터덜터덜 다시 반으로 걸어가고 있었는데 지현호 무리가 지나가면서 하는 말을 우연히 들었다.

"야! 걔는 어떻게 했냐?"

김민지가 말했다.

"걔? 옥상에서 잠깐 혼자만의 시간을 가지도록 해줬지. ㅋㅋ"

지현호가 웃으며 말했다. 지은이 이야기라는 것을 직감한 나는 너무 화가 나 참지 못하고 지현호의 얼굴을 때렸다. 지현호와 그 무리들은 다른 친구들을 괴롭히는 것에 대해 바른말 하고, 동조하지 않는 것에 심술을 내고 있던 터였다.

나는 바로 옥상으로 뛰어 올라갔다.

"지은아! 너 거기 있어?"

문 건너편에서 기다리던 목소리가 작게 들려왔다.

"예준아!"

그리고 무언가 걸려 넘어지는 소리가 났다.

"지은아! 괜찮아?"

계속 물어 봤지만 아무런 대답도 없었다. 나의 마음은 더욱 급해졌다.

"퍽! 퍽!"

계속 문을 쳐 봤지만 문은 열리지 않았다. 그래서 나는 옆에 있던 의자를 들고 문손잡이를 내리쳤다.

"쾅!"

엄청 큰 소리와 함께 문손잡이는 떨어져나갔고 그 순간 마치 영화의 한 장면 속에 들어간 것 같아 나도 놀랐다. 서둘러 지은이에게 갔다. 지은이는 옥상 바닥에 쓰러져 있었다.

"지은아, 정신 좀 차려봐!"

너무나 씩씩하고 건강한 지은이였는데 놀라서 쓰러진 것 같았다. 대답이 없자 나는 지은이를 업고 보건실로 뛰어갔다.

"선생님! 친구가 쓰러졌어요!"

그렇게 지은이를 보건실에 데려다주고 나는 씩씩거리며 지현호에게 갔다. 그리고 지현호를 보자마자 통쾌하게 한방 먹였다. 무방비 상태였던 지현호는 퍽 하고 나가 떨어졌다.

"야! 너 진짜 미쳤냐?"

주변에는 애들이 몰려 있었고 다른 애들이 나를 말렸다. 그리고 지현호도 김민지, 하인성에게 이끌려 교실을 나갔다.

다시 보건실로 돌아가자 지은이는 벌써 일어나 있었다.

"지은아! 너 괜찮아?"

보건 선생님이 괜찮다고 순간 놀래서 그랬다고 잠시만 더 앉아 있다가 가면 된다고 말씀해 주셨다.

"예준아, 고마워!"

지은이가 웃으며 말하는 모습에 심장이 두근거렸다.


우리 반은 그날의 사건으로 어수선한 가운데 합창은 하위권에 머물렀고 지현호는 담임 선생님께 불려갔다. 그날 이후 지현호와 나는 서로 부딪히지 않으려고 노력 아닌 노력을 하고 있었다. 아니, 그냥 나는 지현호를 아예 신경 쓰지 않고 있었다. 나는 조금 더 용기 있어졌고 지현호 따위는 이제 무섭지 않으니까.

그러던 며칠 뒤.

나는 지은이와 학원에 가고 있었다. 조금 조용한 골목길에 들어간 순간, 갑자기 "퍽" 누군가 내 뒤로 가방을 던졌다. 그리고 뒤를 돌아보니 주변 학교에서 한 주먹 한다는 고등학생 형 다섯 명이 서 있었고 가운데는 지현호가 서 있었다.

"내가 복수한다고 했지. 항상 뒤를 조심해야지."

지은이는 형들에게 잡혀있었다. 지은이를 괴롭힐 마음은 없어 보였다. 대상은 나였다. 지현호는 내가 맘에 안 들었던 거다. 나는 싸울 자세를 잡고 일어섰다.

"왜? 6대 1로 싸우게? 잘 선택해야 할 걸? 엄청 맞을 텐데?"

나는 무시했다.

"올~~ 진짜 싸우게? 형들 본때를 보여줘."

형들이 나에게로 점점 다가왔다. "퍽" 그 형들 중 가장 덩치가 큰 형이 나의 얼굴을 때렸다. 내가 얼굴을 맞고 쓰러지자 지현호가 말했다.

"형들 쟤 좀 부탁해!"

네 명의 형들이 나에게 달려들어서 나를 계속 때렸다. 그리고 지은이는 그 틈을 타 빠져나갔다.

…

그 후는 어떻게 되었을까.

다행히 나는 많이 다치지 않고 건강하게 잘 살고 있다. 지은이가 지나가던 경찰에게 나의 상황을 알리고 함께 도와주러 왔기 때문이다. 아무리 그 사이 운동을 열심히 했다고 해도 형 네다섯 명을 감당하기는 어려웠다. 그 경험은 운동을 더 열심히 해야겠다는 의지를 활활 태우는 일로 기억하기로 했다. 그리고 지현호. 지현호는 강제 전학을 가게 되었다. 아무리 아빠가 이사장이라도 학폭은 막기 힘들었나 보다. 잘못한 게 있으면 벌을 받는 게 맞으니까. 그리고 지은이는 나의 베프 여사친으로 잘 지내고 있다.(지은이를 볼 때마다 마음이 자꾸 두근거리는 건 비밀. 지은이도 합창대회 일 이후로 나를 좋아한다는 소문이 들리지만, 우린 오래 볼 수 있는 친구가 되기로 했으니까.)

# PART 2

( 주인공 - 차현우. 김예은 )

## 현우의 이야기

"Yo, 오늘도 너와 싸워 이기고 나는 Go home 하지만 너는 오늘도 나에게 지고 질질 짜면서 집에 가지"

나는 오늘도 작은 공연장에서 열린 디스랩 틀에 참가했다. 엄마에게는 비밀로 하고 랩을 하러 다닌다. 올해는 특히 내가 고3이기 때문에 엄마는 나에게 공부만 하길 바란다.

"야! 너 오늘도 학원 안 갔어?"

"그게 오늘 너무 가기 싫어서… 안 갔어."

"아니, 얘는 정말, 너 지금 고3이야! 인생에서 가장 중요한 시기 고3! 고3!이라고!"

"알았다고!"

그리고 나는 방에 들어가 버렸다. 그리고 헤드셋을 끼고 노이즈 캔슬링을 켜고 귀를 닫았다. 그 상태로 잠에 들었다.

다음날

어제 엄마와 싸워서 엄마는 나를 깨워 주지 않고 그냥 나가서 나는 늦게서야 집에서 나왔다. 오늘은 가뜩이나 기분이 안 좋은데 학교에 가다가 어떤 여자애와 부딪혔다.

"저기요! 부딪혔으면 사과를 하셔야죠."

"저기요, 그쪽이 먼저 하셔야죠. 그쪽이 안 보고 지나가다가 부딪친 거잖아요."

"아니, 저기요. 지나가는 사람 붙잡아서 물어볼까요? 누가 잘못했는지?"

우리의 언성이 높아질수록 주변에 사람들이 모였다. 주목받는 것도 싫지만 지각 벌이 더 싫어서 대충 "죄송합니다." 하고 빠르게 잘라서 말하고 학교에 늦을까 봐 뛰어갔다.


"야, 차현우. 너 지각. 오늘은 2분 늦었으니까 오리걸음으로 운동장 2바퀴 출발!"

'하~ 오늘 재수 더럽게 없네.'

"야! 너 방금 내 욕 했지?"

"아니에요."

그렇게 아침부터 기분이 안 좋은 상태로 반에 들어갔다. 들어가자마자 어떤 여자애가 자기소개를 하고 있었다.

"안녕? 나는 오늘 전학 온 김예은라고 해. 잘 부탁해!"

"예은아, 너는 현우 옆자리에 앉아라!"

갑자기 전학생이 나를 가리키면서 말했다.

"어! 너는 아까 나 치고 튄 애?"

"아~ 아까 그 싸가지?"

"야! 그만 싸우고 자리에 앉아!"

"네~"

"네~"

쉬는 시간이 되자마자 친구들이 내 자리 근처로 몰렸다.

"야, 너 쟤 아냐?"

나는 말하기 귀찮아서 "몰라."라고 대답하고는 반에서 나왔다. 그리고는 아침에 엄마 때문에, 아니 엄밀히 말하면 나의 늦잠 때문에 고픈 배를 채우러 매점에 가서 빵을 하나 사먹고 반에 왔다. 그리고 옆자리에 앉아 있는 김예은과는 한마디도 섞지 않았다.

그리고 집에 가자 옆집에 누가 이사 온 듯했다. 그래도 옆집인데 첫 인상으로 예의 없는 아이로 보일 순 없으니 먼저 꾸벅 인사를 했다.

"안녕하세요? 오늘 이사 오셨나 봐요."

"학생은 몇 살이야?"

"저 19살이요."

"우리 딸이랑 동갑이네? 학교는 혹시?"

"저 하나고등학교요."

"정말 우리 딸도 하나고등학교인데 오늘 전학 갔어."

'설마 김예은이겠어?'

"혹시 3학년에 김예은이라고 보면 좀 잘해줘."

"네? 그 싸가… 아니 김예은이라고요?"

(띵동~ 20층입니다)

이 소리와 함께 김예은과 마주쳤다. 김예은이 나오자마자 나는 바로 집으로 들어갔다. '쟤가 왜 저기에 있지?' 그리고 문 앞에서 아줌마랑 김예은이 말하는 소리를 들었다.

"엄마, 우리 그냥 딴 데 이사 가면 안 돼?"

"너 갑자기 왜 그래?"

"그게, 들어가서 얘기해."

그리고 나는 집에서 게임을 하고 있었는데 초인종소리가 들렸다.

"야, 이거 엄마가 갔다 드리래."

김예은이 떡을 가져왔다. 나는 눈도 마주치지 않고 "고마워."라고 짧게 말하고 문을 닫았다. 그리고 다음날 엘리베이터 앞에서 마주쳤지만 무시했다. 그리고 학교 가는 내내 같이 갔지만 서로 말한마디 꺼내지 않았다. 그리고 학교에서도 말을 하지 않았다. 이렇게 지낸 지 한 달 후 일이 하나 터졌다.

"야, 일진 애들이 옥상에서 김예은 괴롭히고 있다는데?"

"야! 예쁘니까 세상이 다~ 니꺼 같지? 너 때문에 되는 일이 없다. 얘들아 패라!"

우리 학교에서 성격 안 좋기로 유명한 몇 명이 김예은을 시샘했나 보다. 한적한 곳으로 데려가서 넘어뜨린 다음에 발로 차고 있었다.

"야! 거기! 그만하지!"

"넌 뭐야!"

"나? 쟤 남자 친구. 이제 좀 가주겠니?"

"뭐야?"

"야, 너네 이거 다 학폭인 건 알지? 알면 그만하고 가라!"라고 큰소리치자 여자애들이 슬금슬금 나갔다. 그리고 나는 김예은을 일으키고 내려갔다.

"언제부터 저랬어?"

"어떻게 알고 왔어?"

"내 말에 먼저 대답해!"

"전학 처음 왔던 날부터. 그럼 내 질문에 대답해."

"친구들이 알려줬어."

"아까 거짓말은 왜 해? 그리고 한 달 동안 말도 안 하고 얘기도 안 했으면서."

"야! 괜찮지? 그럼 나는 수업 때문에 간다."라고 말하고 일어서려는데, 예은이 한마디 했다.

"더 이상 내 일에 너 끼어들지 마! 너 때문에 내가 더 힘들어졌잖아!"

그날 마칠 때까지 잊을 수가 없었다. 나는 이 말이 하루 종일 마음에 맴돌았다.

'뭐야 쟤. 뭐 때문이지? 오히려 나한테 엄청 고마워해야 하는 거 아닌가?'

## 예은이의 이야기

오늘은 내가 처음으로 학교를 가는 날이다. 원래 다니던 학교에서 왕따를 당했다. 내가 별로 잘못한 건 없는 거 같은데 얘들은 날 싫어했다. 하지만 가해자는 봉사 10시간만 받아서 계속 보게 되는 게 너무 힘들어서 내가 전학을 오게 되었다. 오늘은 아침부터 일진이 사나웠다. 어떤 남자애가 치는 바람에 휴대폰을 떨어뜨려 액정이 깨졌다.

"저기요! 부딪혔으면 사과를 하셔야죠."

"저기요, 그쪽이 먼저 하셔야죠. 그쪽이 안 보고 지나가다가 부딪친 거잖아요."

"아니, 저기요. 지나가는 사람 붙잡아서 물어볼까요? 누가 잘못했는지?"

"죄송합니다."

남자애가 성의 없는 사과를 했다. 그리고 뛰어 가버렸다. 그래서 아침부터 기분이 좋지 않았다. 그리고 나는 학교에 가고 전학 때문에 교무실에 갔다.

"안녕하세요. 저 오늘 전학 온 학생입니다."

"이름이?"

"김예은이요."

"저기 부장쌤 오늘 전학생."

"니가 전학생이니?"

"네."

"너는 3학년 2반이고 전학생이니까 모르는 거 있으면 반장 현우한테 가서 물어보면 돼."

"네."

"그럼 가 봐."

그렇게 나는 터덜터덜 반으로 갔다.

"너 혹시, 차현우라고 아니?"

"걔? 아직 안 왔는데. 왜? 그리고 너는 누구야?"

"아, 안녕. 나는 오늘 온 전학생이야."

하필 내가 말을 건 상대가 학교 일진이었다. 그때부터 내가 맘에 안 드는지 괴롭히기 시작했다. 내가 내 소개도 안 하고 예쁜장한데 싸가지가 없다는 소문을 퍼트리며 반에서 공개적으로 따돌리기 시작했다. 담임쌤이나 반장 앞에서는 착한 척하면서 뒤로 돌아서는 은근히 나를 괴롭혔다.

"도대체 나한테 왜 그러는데?"

"나 차현우 좋아하는데 네가 꼬리쳤잖아."

"무슨 소리야?"

"입 다물어. 다 아니까!"

너무나 억울했지만 나에게는 말할 기회도 없었고 그 뒤로 나는 계속 괴롭힘을 당했다. 소문은 소문을 타고 나는 점점 안 좋은 이미지가 되었다. 그렇게 괴롭힘 당한 지 한 달 뒤 나는 옥상에서 일진 애들이 불러서 맞을 위기였다. 그런데 갑자기 차현우가 찾아왔다.

"야! 거기! 그만하지!"

"넌 뭐야!"

"나? 쟤 남자 친구. 이제 좀 가주겠니?"

"뭐야?"

"야, 너네 이거 다 학폭인 건 알지? 알면 그만하고 가라!"

여자애들이 모두 나갔다. 그리고 나는 현우와 같이 내려왔다.

"언제부터 저랬어?"

"어떻게 알고 왔어?"

"내 말에 먼저 대답해!"

"전학 처음 왔던 날부터. 그럼 내 질문에 대답해."

"친구들이 알려줬어."

"아까 거짓말은 왜 해? 그리고 한 달 동안 말도 안 하고 얘기도 안 했으면서."

"야! 괜찮지? 그럼 나는 수업 때문에 간다."라고 말하고 가려는 차현우에게 말했다.

"더 이상 내일에 끼어들지 마! 너 때문에 내가 더 힘들어졌잖아!"

'내일 쟤네들 어떻게 보지? 현우한테는 괜히 화만 냈나? 쟤가 구해 줬는데…'

마음이 복잡했다.

## 다시 현우의 이야기

그날 집에서 나는 아까 김예은이 나에게 했던 말을 다시 한번
생각했다.

'왜 나에게 그런 말을 했을까?', '일진 애들이 괴롭히는 게 내
탓인가?', '내가 모르는 뭔가가 있는 건가? 나 때문에 맞고 있는 건
가?' 등 나의 머릿속에 수십 수백 가지 생각이 들었다.

다음날 아침 나는 다른 날보다 일찍 나와 김예은이 나올 때까
지 기다렸다.

"어제 내가 잘못한 게 있다면 미안."

"아니야. 어제는 네가 날 도와줬었는데 내가 미안하지."

"나 궁금한 게 있는데 물어봐도 될까?"

"응."

"혹시 니가 괴롭힘 당하는 게 나 때문이야?"

"사실, 아! 아니야!"

'뭐지, 딱 봐도 나 때문이네.'

집에 돌아와서도 괜히 맘이 계속 쓰였다. 멍하니 있다가 만약 나 때문이면 내가 보호해 줘야겠다는 생각이 들었다. 그래서 다음 날 김예은을 만나자마자 말했다.

"야! 난 든든한 반장이니까 앞으로는 내가 너 지켜 줄게."

"싫어!"

그 뒤로 내가 계속 따라갔다.

"그만 따라 오라고!"

"싫은데?"

"하~ 몰라! 알아서 해!"

"그럼 따라간다."

"앞으로 네가 어딜 가든 따라갈 거야."

"어~ 알아서 해."

그 뒤로 정말 다시는 일진 애들이 못 괴롭히게 따라다녔다.

## 예은이의 이야기

아침에 차현우가 문 앞에서 말했다.

"어제 내가 잘못한 게 있다면 미안."

"아니야. 어제는 네가 날 도와줬었는데 내가 미안하지."

"나 궁금한 게 있는데 물어봐도 될까?"

"응."

"혹시 니가 괴롭힘 당하는 게 나 때문이야?"

'솔직하게 말하면 자기 탓을 하겠지?'

"사실, 아! 아니야!"

그러고서는 앞으로 자기 도움 필요하면 말하라는 차현우의 제 안을 나는 싫다고 거절했다.

'괜히 걔들한테 오해받기 싫다고!'

"그만 따라 오라고!"

"싫은데?"

"하~ 몰라! 알아서 해!"

"그럼 따라간다."

"앞으로 니가 어딜 가든 따라갈 거야."

"어~ 알아서 해."

그 뒤로 차현우는 정말 일진 애들이 못 괴롭히게 나 주위를 따라다녔 다. 그 덕에 애들은 날 샘내기는 했지만 괴롭히지는 못했다. 고마웠다.

## 현우의 이야기

너무 늦잠을 자버렸다. 난 얼른 김예은에게 전화했다.

"야! 오늘만 먼저 가라! 뭔 일 있으면 문자하고."
"알겠어."

그렇게 예은이를 먼저 보내고 나는 주섬주섬 가방을 챙겨 자전거를 타고 학교에 갔다. 반에 가니까 먼저 자리에 앉아 있어야 할 김예은이 없었다.

"야! 김예은 봤어?"
"아니? 못 봤는데?"
'어디 있지?'
'집? 아닌데 어디지?' 이렇게 5분 고민을 하다가
'아! 혹시, 저번에 그 옥상?!'
바로 옥상으로 뛰어갔다. 도착하니 예상대로 옥상문은 잠겨 있었다.
"쾅"
옥상문을 세게 쳐도 열리지 않아서 몸으로 두세 번 치니까 무너지는 소리와 함께 문이 열렸다. 문이 열리자 김예은이 보였다. 놀라서 그랬던 것인지 맞은 것인지 바닥에 있었다. 나는 김예은을 업고 보건실로 데려갔다.
"쌤, 저희 반 일진 애들이 얘 괴롭힌 거 같아요."

"그래? 얼른 여기로 내려놔. 잠시 휴식 취해 보자."

그렇게 1교시는 예은이를 기다렸다. 곧 깨어난 예은이가 나를 봤다.

"여기 네가 데려왔어?"

"응."

"고마워."라고 대답하면서 예은이가 울먹였다. 그걸 보고 "잠깐만 나 화장실 좀 갔다 올게."라고 말하고 교무실로 뛰어갔다.


"3학년 2반 담임쌤 좀 불러 주세요."

"쌤, 여기 현우."

"그래 현우야. 왜?"

"선생님 여기서 말하기는 좀 그렇고 상담실에서 말하면 안 될까요?"


-잠시후-


"쌤, 꼭 해결해 주세요."

"그래 알겠다. 쌤이 최대한 노력해 볼게. 쌤이 미처 몰랐구나."

"감사합니다."

## 예은이의 이야기

그날은 현우가 늦잠을 자서 나 혼자 학교에 가는 날이었다. 집에서 내려오니까 일진 애들 5명이 내 앞을 막았다. 평소에도 날 기다렸지만 현우가 있으니 별말 못했던 아이들이다.

"야! 오늘은 웬일로 혼자 가냐?"

나는 애들을 무시하고 가려고 했지만 내 앞길을 막았다.

"차현우 때문에 우리가 안 놀아준 지 좀 많이 됐지? 따라와!"

"싫어!"

나는 현우에게 문자를 하려고 했지만 휴대폰을 빼앗겼다. 그리고 옥상으로 데려가서 나를 5명이서 나를 둘러싸고 욕과 함께 툭툭 치기 시작했다. 난 너무 떨린 나머지 기절했던 것 같고 그리고 나서는 보건실에서 깬 것밖에 생각이 나지 않았다.

다행히 난 다친 곳은 없었다. 만약 다친 곳이 있거나 금방 정신을 못 차리면 병원으로 바로 가려고 했다는 선생님의 걱정과 달리 다행스럽게 나는 괜찮았다.

우리는 처음 만났던 날. 전학 온 날을 회상하면서 아파트 계단에서 이야기를 나누었다.

"우리 처음 마주친 날 기억나?"

"아~ 도로 한복판에서 우리 싸웠을 때?"

"응. 사실 나 그때 너 보고 무슨 저런 개념없는 애가 다 있지? 라고 생각했거든."

"뭐라고? 놀리는 거야?"

"아니~ 끝까지 들어봐. 근데 지금은 너무 고마워. 그리고 사실
너 좋아해!"

어색한 침묵이 잠시 흘렀다.

그리고 나도 대답했다.

"사실은, 나도야."

"그럼 우리 오늘부터 1일 어때?"

"좋아!"

(마주 보며 빙긋)

...

그후는 어떻게 되었을까.

선생님께 말한 덕에 일진 애들은 소년원에 들어가게 되었다. 그리고 가끔씩 예은이네 집에 놀러 가면 예은이 이야기를 듣곤 하는데 내가 옆집에 사는 것을 알게 된 첫 날 예은이가 이사 가자고 했다가 혼났다고 한다. 그리고 원래 공부 잘하고 야무졌던 예은이는 남은 3학년 기간 동안 공부에 집중해서 서울 의대에 합격해서 의사 준비를 하고 있고, 나는 쇼미10, 고등래퍼5에 나가서 지금 최종 결승까지 올라가 기획사의 연락들을 받게 되었다. 이렇게 최선을 다하니 엄마도 내가 음악 하는 것을 허락해 주셨다. 가끔 우리는 그때 일을 추억으로 꺼내 이야기 나눈다. 조금 어둡고 힘들기도 했지만 서로를 알게 되어 빛나고 따뜻했던 성장의 순간으로 회상한다. 우리는 앞으로도 더 반짝반짝 멋진 어른이 되어 갈 것이다.

# 후기

책을 써 본 것은 이번이 처음이다. 아니, 책이라는 단어를 붙이기에는 부끄럽고 이렇게 제법 긴 글을 써 본 적이 처음이다. 시작 할 때는 선생님께서 제시하신 개인별 분량을 채우는데 힘든 부분이 있기도 했다. 그런데 막상 쓰기 시작하니까 내 머리 속에 있던 이야기들을 풀어내고, 글을 쓰는 게 재미있어서 훌쩍 넘어섰다. 그리고 이 글과 함께 나의 어린 시절 성장에 대한 이야기도 조금 써 보았는데 그건 선생님의 조언에 따라 내년도 글쓰기를 위해 남겨 두었다.

오글거리고 부끄럽기도 하지만 결론은 좋은 경험이었다는 것. 지금의 이 경험이 나중에는 의미가 있는 소중한 추억으로 남을 수도 있겠다는 생각으로 최대한 열심히 썼다. 이렇게 글을 쓰게 기회를 주신 선생님께 감사하고, 몇 년이 지난 후에도 글을 계속 쓴다면 좀 더 발전하고 성장해 있지 않을까 생각해 본다. 그래서 내년에는 나의 성장 이야기가 조금 더 들어간 글을 풀어내 보고 싶다.

마지막으로 나의 글을 읽어 주신 모든 분들께 감사의 인사를 드리며 후기를 마친다.

# 나, 그리고 너

Enjoy Writing Books

3학년 김유민

## 저를 소개합니다

## 김유민

- **나이** : 16세
- **나의 꿈** : 바리스타, 바텐더, 플로리스트, 향기로운 일
- **나의 취미** : 음악 듣기, 악기 연주, 게임, 두꺼운 소설책 완독하기, 드라마 몰아서 보기 등
- **좌우명** : 행복하면 됐지 뭐
- **지금 이 순간의 가장 큰 관심사** : 중국배우, 게임, 소설, 노래방, 글쓰기 완성하기

**나는 ○○하게 성장 중이다.**

: 걱정은 많고 몸은 무럭무럭 성장 중이다.

– 중3이 되니 여러 걱정이 많아지는 중

**나는 이런 어른이 되고 싶다.**

: 나는 사람들을 편안하게 해주는 어른이 되고 싶다.

# 프롤로그

"그래서 인터뷰는 다 해가? 질문 몇 개 남았는데?"

"어디 보자, 한 19개만 더 대답해 줘."

그러자 너는 나의 말에 입 꼬리를 잔뜩 아래로 내린 못난 표정을 하곤 날 쳐다본다. 눈으로 이 녀석이 돌았나 라고 욕하는 것 같은데 애써 외면 중이다.

진심이면 날 터뜨려 버리겠다는 표정에 못생겼다며 폭소하곤 결국 너에게 한 대 쿵 맞은 나.

"아무래도 나는 친구농사 망한 듯. 어떻게 못생겼다고 할 수 있어. 너 알지? 진짜 못생긴 애한테는 그런 말 실례야. 너도 공감할 거라 믿어."

"와, 이거 골 때리네. 누구보다 공감하지~~ 사실 질문은 1개 남았어. 내 맘 알지?"

아, 뭐야. 잔뜩 어이없다는 표정을 하면서도 너는 깔깔 웃으며 내 말이 끝나길 기다린다.

"학교 마치고 떡볶이 어때. 나 배고파."

아니네, 안 기다린다. 지 할 말만 하는 듯. 그렇지만 내가 너에게 뭐라 할 상황은 아닌지라 일단 동의. 그리고 질문한다.

"너는 그 일들을 겪으면서 성장했다고 생각해? 참고로 이건 내가 궁금한 건 아냐. 선생님이 이 질문은 꼭 넣으라고 하셨거든. 진짜 내가 한 거 아니라고 했다. 진짜임. 진짜라고."

"아, 알겠어! 내가 다 안다구. 알겠지? 음, 아무래도 근데 성장은 했겠지. 이 나이에 그 많은 일들을 겪으면서 성장을 안 했다면 그것도 웃기잖아."

"음. 그건 또 맞네."

나는 고개를 끄덕이면서 너의 말에 수긍하곤 일어나려다 다시 앉는다.

"하 참. 또 뭔데요 사장님."

"자네는 어떤 점에서 성장했다 생각하나?"

나는 너의 갑작스러운 발연기 콩트를 익숙히 받아주면서 내 수행평가 점수를 챙기기 위해 발버둥 친다.

"너네 쌤은 무슨 그런 과제를…… 아, 아닙니다. 평소엔 너희 쌤 진짜 좋더라."

우리 이 즐거운(!) 과제를 내 주신 선생님이 지나가자 너는 내어깨에 팔을 걸치고 있다. 너 뭐해.

"응, 그래 뭐라고? 성장한 점? 너무 많아서 고를 수가 없네. 무언가를 얻기 위해선 잃을 것도 각오해야 한다는 것? 이별을 겪으면서 성숙해 짐을 느끼는 것? 조금씩 어른이 되어 가고 있다는 것."

너는 손가락을 꼽으면서 배시시 웃곤 됐냐며 나를 본다. 그리고 나는 대답한다.

"응, 수고했어. 인터뷰 끝!"

"그럼 숙제는 간단한 인터뷰하기로 할게요. 어떠한 일을 겪고 성장한 주변 사람들을 인터뷰해서 보고서를 써오면 된답니다. 그것이 무슨 일이든 상관없어요. 인생의 희로애락을 담은 모든 일이 다 됩니다. 기간은 다음 주 월요일까지. 됐죠?"

너무나 카랑카랑 분명한 목소리로 과제를 전달하는 국어선생님의 목소리에 나는 얼굴을 찡그리며 친구와 구시렁거렸다. 국어 시간이 끝난 후 나는 숙제를 안고 네가 있는 도서실로 향한다. 오늘도 늘 그렇듯 너는 도서 대출대에 앉아서 친한 도서부원들과 이야기 나누고 있겠지. 내 예상과 다르게 너는 책을 꽂고 있었지만 뭐, 그건 중요하지 않았다.

"야, 나 인터뷰해야 해. 국어 숙제. 너도 해야 하지 않아?"

"에엥? 난 아직. 국어 수업 다음 주 월요일에 들었는데 그때 알려주시겠지 뭐. 근데 왜 날 찾아왔대? 주제가 뭔데. 소꿉친구 알아보기 이런 건가?"

너는 내가 오자 반가운 듯 나를 보고 낄낄 웃다가 책을 꽂고 내 말을 듣는다. 아직 어린 십대 중반이지만 지금까지 나와 너는 항상 함께 했다. 쉽게 말해서 아주 오래된 소꿉친구! 다행히도 너는 인터뷰에 응할 생각이 있나 보다.

"뭐지, 무슨 성장. 아 그래. 네가 성장했던 경험을 알려주면 돼. 쉽지?"

"엥? 아니 잠시만. 정확히 어떤 성장? 뭐 몸의 성장 이런 건 아닐 거 아니야. 몸의 성장이면 난 5학년 때. 10cm 훅 컸거든. 쩔지?"

"이열... 그건 나랑 수영장 일주일에 2번은 가서 운동해서 그랬잖아. 나도 그때 키 쭉 컸어."

"그때 더 커났어야 했는데... 지금 키가 안 커. 더 커야 하는데"

그렇게 말하는 너의 키는 168cm. 왜인지 옆에서 책을 꽂고 있던 다른 도서부 친구가 너를 흘겨보았다.

"야, 쟤가 너 째려보잖아."

그러자 너는 머쓱하게 그 도서부 친구의 어깨에 팔을 둘러 우쭈쭈 하며 친구를 달랬다. 뭐지, 강아지 사육사인가. 만족스럽게 책을 마저 꽂으러 가는 도서부 친구를 보며 당황스러움을 제대로 느꼈다.

"아주 여자는 잘 홀려요."

"이히히 남자친구를 홀려야 하는데. 아휴 우우우우. 나도 연애 잘할 자신 있는데. 왜 나 좋다는 사람이 없냐."

"그치. 아무래도 연애는 혼자 하는 게 아니니까."

"이 (자체 검열)(자체 검열) 같은 놈이?"

너를 놀리는 게 정말 재밌다는 걸 너는 알까. 너의 찰진 욕과 축

처진 순한 눈꼬리가 매치되지 않아서 3배는 재미있다는 걸. 씨익 거리는 너를 달래주며 이따 마치고 내 반 앞에서 보자며 나는 손을 흔들었다. 인터뷰 장소는 뭐, 오늘 안에만 정하면 되니까.

"너네 반 쌤님 종례 진짜 길어. 벌써 기다릴 생각 하니까 막 화가 나지만 내가 참을게."

"작년엔 내가 계속 기다렸잖아. 이 짜슥이 진짜로."

너의 찡찡대는 목소리에 깔깔 웃으며 나는 도서관을 나왔다. 더 있어봤자 시끄럽기만 할 테니까. 2층에 있는 도서관에서 4층에 있는 3학년 교실로 향하며 나는 한숨을 내쉬었다.

"아휴 벌써 다리가 쑤시네."

그 와중에 늘 북적이던 우리 학교의 도서관답게 깔깔 거리는 높은 목소리가 밖까지 울려 퍼졌다. 도서관 안에서 이렇게 호탕하게 웃는 인간은 너밖에 없다고 생각한 나는 다시 도서관으로 총총 뛰어간다.

"야, 좀 조용히 해! 진짜 소음의 대명사다."

그렇게 말한 지 몇 교시가 지났다. 아직도 대놓고 한 나의 구박에 너의 찡그려진 표정이 잊혀지지 않아서 반 친구와 이야기를 나오다가 웃음이 터졌다. 너는 나랑 다른 반이라 점심시간이나 내가 도서관에 가지 않는 이상 만나기가 힘들었다. 그래서인지 너의 얼굴이 더욱 못생기게 기억에 남았을까.

"응, 못생겼었지."

고개를 끄덕이며 종알거리던 반 친구의 말에 대충 대답하다 따가운 눈초리를 받았다.

"우리 엑오 오빠들이 못생겼어?"

사실 나는 엑오를 별로 안 좋아해서 예전부터 그렇게 생각한 건 맞긴 하지만 그렇게 대놓고 말할 생각은 없었는데. 너를 생각하며 멍때리다 친구에게 손절 당하게 생겼다.

"아니 그게 아니고... 아까 친구 만났는데 오랜만에 마스크 벗은 얼굴을 보니까 한 3배는 못생겨 져가지고. 내가 점심때 막 놀렸거든"

허겁지겁 변명을 하면서 나는 친구에게 네 오빠들을 비난할 마음은 없었다고 구차하게 빈다.

"야, 진짜 미안해. 엑오 잘생겼지. 그 찬⋯⋯? 아니다. 어쨌든 미안해. 내가 정신줄 놓고 있어서 그래."

낄낄 웃으며 반 친구를 아기처럼 둥가둥가 달래준다. 아이고 힘들어. 이렇게 평소와 같은 하루가 지나가고 있다.

드디어 우리 담임 선생님의 사랑스러운 종례시간이 다가왔다. 그리고 교실과 복도가 이어진 창문 밖으로 너의 피곤함이 잔뜩 묻은 빵빵한 얼굴이 보였다. 너 이 자식, 꽤 짜증이 났나 본데?

우리 학년에서 제일 길기로 소문난 종례를 마치고 교문에서 복장검사를 하시는 지킴이 할아버지께서 안 계신 걸 확인한 너는 상당히 신이 나 보였다.

"야, 슬리퍼 신고 가자."

뭘 당연한 걸 묻냐는 표정으로 너를 보곤 후다닥 너의 팔짱을 낀 채 비교적 느린 너를 끌고 휙- 달린다. 교문을 벗어난 뒤 참새가 방앗간에 들리듯이 학교 앞 편의점에 들어가는 우리.

"오늘도 젤리 먹게? 난 젤리 먹으면 속 안 좋던데."

내가 젤리를 살 때마다 종알거리면서 얘기하는 너는 내가 젤리를 쥐어주면 또 오물오물 잘도 받아먹었다. 그걸 아는 나로서는 어이가 매우 없지만 그래도 익숙하니까 넘어간다.

"나는 뭐 사가지. 밀크티!"

너는 또 한참을 고민하다가 약 8분 만에 꽤 비싼 밀크티를 집어서 후다닥 계산을 하러 간다. 벌써 설레어 보이는 너의 표정이 퍽 웃겼다.

"나는 밀크티는 진심 별로야. 개인적으로."

"너는 나랑 취향 진짜 안 맞아. 그러면서 홍어는 어떻게 먹냐?"

너는 쫑알대며 자신의 밀크티를 소중히 꼭 쥐고 집에 가서 먹을 거라며 고개를 끄덕인다. 그러다 퍼뜩 생각이 났는지 박수를 착 치면서 인터뷰에 대해 묻는 너.

"야! 인터뷰 언제 할 거야? 나 오늘 학원..."

"너 오늘 학원 없잖아. 어딜 빠져나가 이 자식이?"

너의 옆구리를 콕 찌르자 프헤헤 하는 바람 빠지는 소리를 내며 도망간다. 달리기는 내가 더 빠른데. 멍청한 놈.

"므아아아악!"

진심으로 달려오는 내가 무서운지 비명을 지르면서 허둥지둥 너의 집으로 달려가는 너. 내가 놓칠 것 같으냐.

헥헥대며 결국 나에게 잡힌 너는 포기한 채 웅얼거리며 나와 함께 엘리베이터를 탄다.

"아, 너 이제 엘리베이터 안 무서워?"

예전에 나는 너의 집에서 놀다가 우리 집으로 가는 길에 탄 엘리베이터에 갇힌 적이 있다. 그것도 혼자. 어린 나이에! 딱히 위험한 상황은 아니었지만 나에겐 충분히 두려웠다.

"지금은 괜찮아. 시간이 약이긴 하더라고 확실히?"

도란도란 얘기를 나누다 도착한 17층의 너의 집. 우리 동네 아파트는 모두 오래되어서 겉보기엔 낡아 보이지만 너의 집은 넓고 우아했다.

"오랜만에 온다. 너 요즘 맨날 바쁜 척하잖아."

"아, 왜 이러셔. 나 학원 5개인 거 몰라 이 자슥아?"

이를 빠드득 갈면서 장난스럽게 내 멱살을 짤짤 흔들다가 비밀번호를 여는 너. 나는 기억을 더듬어 너의 손을 새침하게 치우고 너의 집 도어락을 눌렀다.

"어! 맞았다. 이거였어."

자연스럽게 너의 집 문을 딴 나를 너는 어이없다는 듯 쳐다보다 이제 포기했는지 고개를 끄덕이며 문을 연다.

"따라 다랏 단~~ 따라라다란~"

"아 진짜 늙은이 같아."

노래를 흥얼거리다 팩트를 맞은 너는 내 옆구리를 꾹 찔렀다. 내 입에서 으에엥 하고 이상한 소리가 나오자 너는 웃음을 터뜨렸다.

"방금 진짜 약간 양 같았어. 진짜로. 응, 진짜."

몇 번을 강조하면서 내가 방금 양 같았다는 사실을 얘기하고 소파에 가방을 던지는 너. 자연스럽게 나도 소파에 가방을 던지고 옆에 앉았다.

"아이고 좋다~ 우리 낮잠 한숨 자고 시작할까?"

"이열~ 얘가 드디어 단단히 돌았나본데? 빨리 인터뷰 하자."

나의 헛소리를 너는 자연스럽게 받아주면서 나를 좌식형 테이블에 끌어 앉힌다.

"그래요, 리포터님. 주제가 뭐라구요? 저 바쁜 몸이라 빨리 끝내줬으면 하는데."

새침하게 앉아서 앙칼진 목소리로 갑자기 콩트를 하는 너에게 당황했지만 이젠 별로 놀랍지도 않다.

"아, 바쁘신데 시간 내주셔서 감사합니다. 오늘은 십대들의 성장에 대해 취재하려고 하는데 솔직하게 답해 주시면 좋겠어요."

자연스럽게 받아주며 쉬는 시간에 틈틈이 적어놨던 질문 종이를 꺼내 나는 얼렁뚱땅 인터뷰를 시작했다.

"아, 첫 번째 질문입니다. 우리 김여사님은 최근에 들었던 노래 중에 가장 의미 있고 인상 깊고 막 마음을 울렸던. 알죠? 막 성장한 것 같고 막... 알죠 알죠?"

"아, 당연히 알죠~ 저는 개인적으로 '고성'이 가장 좋았어요."

"헉, 그건 처음 들어보는데 어떤 노래인가요?"

"제 최애 중국드라마의 최애 모티브 곡이요."

"와, 방금 진짜 오타쿠 같았다 하면 화낼 겁니까?"

"어, 진짜 개 화낼 거야."

너의 장난 섞인 헛소리에 헛웃음을 지으며 너를 놀렸다. 그러자 너는 어깨를 으쓱하며 낄낄 좋아 죽었다.

"장난이고 '스물다섯 스물하나'가 가장 인상 깊었습니다. 왜냐하면 일단 들었을 때 쫘아악 돋는 소름이 아직도 기억나요."

다시 너는 컨셉질을 하면서 열심히 대답했다.

"그리고 가사가 참 예뻐요. **'바람에 날려 꽃이 지는 계절엔 아직도 너의 손을 잡은 듯 그런 듯해. 그때는 아직 꽃이 아름다운 걸 지금처럼 사무치게 알지 못했어.'** 특히 이 구절이요. 학원 마치고 집에 오면서 너무 힘들 때 이 노래를 들으면 괜히 눈물이 나고 위로가 됐답니다. 아, 그런 의미로 한번 들어보실?"

자연스럽게 너의 말투가 초등학생 같아졌지만 모른 척하고 일단 고개를 끄덕였다. 너는 신이 나서 노래를 틀었다. 네가 말한 구절은 담담하지만 쓸쓸하게 느껴져 나에게도 와 닿았다는 걸 너도 알길 바랐다. 봄에 들으면 눈물이 날 것 같은 구절이었다. 너는 봄을 참 좋아하니까.

"오케이, 그럼 두 번째 질문으로 넘어갑시다. 최근에 읽은 가장 인상 깊었던 책은요?"

"노래 좋지 미쳤지? 아, 음. 마도조사라고 하면 더 오타쿠 같겠죠? 〈파리대왕〉으로 하겠습니다. 사실 〈트와일라잇〉 시리즈가 더 재밌었는데 파리대왕은 좀 있어 보이잖아."

너는 한참을 또 헛소리를 하다가 우리가 함께 다니는 인문학에서 본 영화의 원작 〈파리대왕〉을 떠올렸다. 사실 영화가 너무 잔혹하고 우리가 보기엔 매우 끔찍해서 책을 제대로 읽진 않았지만 너에겐 인상 깊었나 보다.

"〈파리대왕〉 으, 내가 좋아하는 장르가 아니라 상상하기도 싫지만 이유를 얘기해 보시죠."

"그 책은 비행기에 탄 채 어디론가 이송되던 소년들이 불의의

사고로 바다 한가운데 무인도에 불시착해서 겪는 내용입니다. 구조를 위해 봉화를 하자는 쪽과 사냥을 하자는 쪽이 나뉘고 그 안에서도 의견 분열이 일어나죠. 겪어내야 하는 것들이 잔혹했기도 하지만 인간이 극한의 상황에 몰려 문명과 거리를 두면 생기는 일을 구체적이고 사실적으로 표현한 게 인상 깊었어요. 종교가 생기고, 자신의 말에 불복종하는 사람을 죽이거나 폭력으로 제압하는 것처럼요. 아 너무 진지했나? 나 좀 멋있었지."

나는 빨리 인터뷰 숙제를 끝내고 쉬고 싶은 마음에 너의 말에 대충 대답해 주고 다음 질문으로 넘어갔다.

"다음 질문입니다. 오늘 사실 나 좀 피곤해서 그러니까 대답에 리액션 크게 안 해도 섭섭해하기 금지. 음~ 최근에 있었던 일 중에 가장 기뻤던 일은요?"

"그러게요. 코로나 때문에 뭘 할 수나 있어야지. 으음, 알다시피 내가 낯을 미치게 가리잖아?"

갑자기 너는 작은 도마뱀 열쇠고리를 가져왔다.

"지금 같은 반 친구들과 그래도 무사히 친해질 수 있어서 기뻤고, 원래 약간 단호한데 밝고 어떨 때는 너무 싸늘해서 가끔은 무서운 친구가 열쇠고리를 준 게 기뻤어. 난 이게 그렇게 기쁘더라. 가끔은 내가 일방적으로 너무 걔를 친하게 생각해서 부담스럽지 않았나 싶었거든!"

너는 안토니오 가우디의 조형물 도마뱀 모양 열쇠고리를 소중히 쥐고 쫑알쫑알 이야기했다.

"가방에 달고 다니려고 했는데 잃어버리거나 기스~나면 속상

할 것 같아서 그냥 갖고 있으려고."

너는 어릴 때부터 돈이나 먹을 거보다 소장할 수 있는 작은 물품들을 좋아했다. 그래서 내가 제주도에 밥 먹듯이 갈 때에도 형형색의 드림 캐쳐를 사와 달라며 애원한 너를 어떻게 잊을까. 온갖 땡깡은 다부린 너를…… 아휴 그때 생각하니까 막 혈압 오르네.

"아, 맞다. 너 그런 거 되게 좋아하더라. 내가 너한테 사준 드림 캐쳐만 2개잖아. 만 원 넘는 거 그거. 알지?"

"맞아. 나 너한테 그거 받은 이후로 귀신은 꿈에 절대 안 나와! 늘 고맙게 생각하고 있어."

배시시 웃으며 너는 밀크티를 쪼옥 빨아먹고 다음 질문을 얌전히 기다렸다.

"다음 질문. 그럼 가장 슬펐던 일은?"

그 말을 듣자마자 너의 두 눈동자가 살짝 흔들렸다. 너의 목울대가 살짝 울렁이더니 조심스레 심호흡을 했다. 나는 알았다. 최근에 너는 힘든 일을 많이 겪었다는 걸. 최근에 너의 할머니가 상을 치르셨고 너의 동생 같았던 반려동물을 떠나보냈으니까. 너의 반응을 보고 도저히 이건 안 되겠다 싶어 질문을 취소하려고 할 때였다. 할머니는 맞벌이로 바쁜 부모님을 대신해 너를 어렸을 때부터 금이야 옥이야 키워주신 분이란 걸 나는 잘 알고 있었다.

"사실 할머니가 돌아가셨을 때는 나 별로 안 힘들 줄 알았어. 그래도 최근에는 병원에 계셨으니까 모두 마음의 준비는 하고 있었거든. 돌아가셨다는 소식을 딱 처음에 들었을 때 제일 충격이었고, 할머니댁에 많았던 땅콩캬라멜을 먹었을 때 빼고는. 할머니가 나 좋아한다고 늘 하나씩 챙겨 주셨던 거거든. 그게 할머니집 여기저기 많이 있는걸 보고 정말 울었어. 힘들더라고. 나 생각 많이 하셨구나.”

그리 말하는 너는 전혀 괜찮아 보이지 않았다. 숨소리가 가늘게 떨리고 눈시울은 붉어졌으니까.

“야, 굳이 이야기 안 해도 돼. 울지 마. 응?”

나는 너를 달래주며 어쩔 줄 몰라 너의 어깨를 조심스럽게 토닥였다.

“진짜 괜찮아! 많이 슬프지만 고통스럽진 않았어. 할머니가 돌아가시고 하늘이가 연이어 떠나서 그게 더 힘들었지. 갑자기 내 주변에 소중한 사람과 존재가 없다는 게 너무 이상했어. 그때가 추석즈음이라서 난 아직도 추석이 싫어.”

네가 추석을 싫어하는 이유는 너의 반려동물 하늘이가 추석 때 할머니 산소에 가기 위해 가족들이 며칠간 집을 비웠을 때 혼자 쓸쓸히 떠났기 때문이다. 너는 그 소식을 며칠이 지나고 알게 되었고, 너는 그때도 말을 못할 정도로 흐느끼며 겨우 내게 말하고 엉엉 울었지.

“다들 그렇게 심각하게 생각 안 하더라. 그냥 키우던 동물이 죽었나 보다, 하더라고. 나는 아닌데. 너도 알잖아. 내가 외동이라서 좀 크고 나서 우리 하늘이는 내 동생이자 제일 친한 친구였는데. 10년 넘게 우리랑 같이 살았거든. 한동안 파란 하늘만 생각해도 억장이 무너졌는데. 그게 얼마나 끔찍하고 고통스러운 건지 모르는 걸까. 그렇게 별거 아닌 듯 이야기하는 게 내게 얼마나 상처인지 아무도 신경 안 써. 사실 그렇게 단순하게 말하는 애들한테 이렇게 소리 지르고 싶었다니까. '너 친구나 가족이 세상을 떠났다고 생각하고 내게 다시 한번 말해 봐!' 아직도 하늘이가 묻힌 할머니댁을 못 가겠어. 할머니 생각, 하늘이 생각이 너무 많이 나서. 하늘이를 묻고 돌아오던 그 길도 못 가겠어."

너는 결국 눈물을 뚝뚝 흘리면서 긴 머리칼을 쓸어 넘기다가 울음을 삼키는 끅끅 소리가 내 귓가에 메아리쳤다.

"괜찮아. 마음껏 울어. 그때 나도 얼마나 놀랐는데, 하늘이가 그렇게 갑자기 떠날 줄은 몰랐어. 네 맘 알 것 같아. 근데 그러다 너 너무 많이 울면 눈 뚱보 마카롱 된다?"

네가 하늘이를 얼마나 사랑했는지 알기에 나도 모르게 눈물이 났다. 그렇지만 너무 힘들어 질까 장난스럽게 너를 놀렸다.

"아, 안 되는데. 나 그렇지 않아도 눈 작단 말이야!"

너는 눈물범벅인 얼굴로 웃음을 살짝 터뜨렸다. 마치 네가 흘린 눈물에 잠긴 듯 가라앉은 너의 목소리가 가늘게 떨렸다.

너가 웃자 나도 따라 웃으면서 시크하게 티슈 한 장 뽑아 주며 또 한 번 웃었다.

"사실 나는 지금쯤이면 이야기해도 괜찮을 줄 알았어. 언제까지 울고 있을 수는 없잖아. 후, 눈물은 나는데 또 울고 나니 후련하기도 하다. 이렇게 눈물과 함께 슬픔도 조금씩 흐릿해지는 거 같아."

너는 조곤조곤 웅얼거리면서 바람 빠지는 소리를 내더니 살짝 웃었다. 하얀 너의 볼에 눈물자국이 선명했다.

"어쩔 수 없어. 슬픈 걸 어떡해? 그냥 울어. 그게 네가 제일 덜 힘들걸? 힘든 거 있음 앞으로도 이야기해 주고 말이지."

나는 너를 위로하며 분위기를 띄우고 살짝 웃으며 젤리를 네게 한 움큼 쥐어줬다. 그러자 너는 수긍하며 젤리를 입에 털어 넣고 오물오물 씹었다.

"그래서 질문이 얼마 남았다구요?"

이제 조금 진정됐는지 장난스레 웃음을 지으며 내게 묻는 너는 평소와 같았다. 눈이 조금 부은 것 같지만.

"19개만 더 대답해 줘."

"뭐야? 혹시 미치셨나요?"

낄낄 웃으면서 나를 팍 치는 너의 손이 꽤 맵다는 걸 알아 줬으면 하지만 애써 참았다. 아야.

"농담이야. 오케이, 마지막 질문! 너는 이 일들을 겪으면서 성장했음을 느꼈어?"

"당연하지. 특히 하늘이. 나는 아직 어리지만 생명을 책임지는 건 고되고 그만큼 아프다는 걸 알았지 뭐야. TV에서 유기견이나 유기묘를 보면서 그런 생각을 할 때는 있었지만, 끝까지 책임 질 수 없다면 무언가를 키우고 시작하는 게 참 힘든 일이라는 걸 알았어. 길들이면 책임져야 한다는 거 〈어린왕자〉에도 나오잖아. 사실 강아지를 키우고 싶지만 이제는 포기했어. 걔가 죽을 때 나는 정말 힘들 거야."

고개를 끄덕이며 너는 밀크티를 마시더니 끝났냐며 파닥였다.

이제 어느 정도 인터뷰도 끝났고 분위기도 전환할 겸 내가 먼저 화제를 돌렸다.

"나 배고파. 떡볶이 각?"

"오케이, 저기 길 건너서 어때. 오랜만에 분식집."

"아 좋죠~~"

너의 폰으로 녹음된 인터뷰를 받고 나는 가방을 챙긴다. 나는 언제까지 너와 함께 할까? 내 생각은 평생. 너와 나 둘 중 하나가 갑자기 사라지지 않는 그날까지. (이건 생각하기 싫지만)

평생 내 편이었고 내 편이 될 나를 바라보는 너를 나도 마주 바라본다. 늘 좋은 친구, 영원히 좋은 친구가 되길 바라며 나는 또 슬쩍 시비를 걸어본다.

"하하, 고놈 참 못생겼네."

# 글을 마치며

✻

제게는 진짜로 평생을 함께 하고픈 소꿉친구가 있어요. 중3인 지금도 늘 함께 하고 있답니다. 이 인터뷰는 실제로 있었던 일은 아니지만 인터뷰에서 '너'가 한 말들은 다 제가 겪은 일들이랍니다.

제 소꿉친구를 글의 화자 '나'에게, 저를 화자가 말하는 소꿉친구 '너'에게 대입해서 글을 써 보았어요. 즉 소꿉친구가 이야기해 주는 제 모습이 '너'라는 대상인 거죠!

그 친구와 오랜 시간을 함께 보내면서 싸우기도 많이 싸웠지만 지금은 둘도 없는 내 편이라고 생각하고 있어요. 낯간지러워서 직접적으로 말은 못 하겠지만 이렇게라도 그 친구에게 저의 진심과 고마움을 전하고 싶네요.

내가 힘들었을 때 난 너 없으면 내 편이 없었어. 고마워.

앞으로 좀 잘해 줘야겠어요. 젤리도 사주고 저의 까칠한 쏭질도 좀 줄이고!

어쨌든 이 이야기는 다 제 실화랍니다! 우리 할머니

도, 먼저 떠난 반려 동물도 보고 싶네요, 흑. 실제로 반려동물의 이름은 하늘이가 아닙니다. 아직도 생각하면 너무 슬퍼지고 누군가가 함부로 제 반려동물에 대한 얘기를 하면 너무 슬플 것 같아서 이름을 살짝 바꾸는 결정을 내렸습니다.

몇 번이나 소재를 바꾸며 고민을 많이 하다가 쓰게 되어 너무 오랜 시간 동안 컴퓨터를 붙잡고 있어서 글이 매끄럽지 않은 점 양해 부탁드립니다. 조금 힘들었지만 중학교의 마지막 기록을 동아리 책에 남길 수 있다는 점이 의미 있게 다가오네요. 모두들 수고 많으셨어요. 감사합니다.

# 한 걸음 더, 밖으로

Enjoy Writing Books

3학년 이태림

## 저를 소개합니다

### 이태림

- **나이** : 16세
- **나의 어린 시절 꿈** : 성우
- **나의 취미** : 노래 부르기, 영상 매체 시청하기
- **나의 매력** : 자신감, 뻔뻔함
- **좌우명** : 하고 싶은 건 하고 살자
- **지금 이 순간의 가장 큰 관심사** : 고등학교 입학

**나는 ○○하게 성장 중이다.**

: 나는 무난하게 성장 중이다.

- 내 기준에서는 말이다.

**나는 이런 어른이 되고 싶다.**

: 나는 외롭지 않은 어른이 되고 싶다.

- 주변에 늘 사람들과 함께 하는 사람이 되고 싶다.

풍경화

산 강 집 길 돌 나무 꽃 텃밭 사람

크고 넓은 세 개의 산봉우리

중간의 가장 큰 산봉우리를 왼쪽 위에서부터 사선

으로 가로질러 내려오는 여러 갈래의 강줄기

왼쪽 아래의 넓은 집과 그를 둘러싸는 울타리

집을 완벽히 둘러싸며 오른쪽으로 뻗어 나가며

점점 넓어지는 한 방향의 길

동그랗게 집을 둘러싼 길의 모양을 따라 놓인 돌들

동그란 돌과 울타리를 따라 심어진 몇 그루의

나무와 배경의 산에 심어진 여러 그루의 나무

나무와 같은 자리에 놓인 꽃

세 번째 산봉우리와 아래쪽 길의 사이에 위치한

세 개의 도랑 그리고 새싹이 나 있는 형태의 텃밭

그리고 사람 한 명

항상 학교 자습시간이면 친구들과 담소를 나누거나 못한 숙제를 했던 나는 어느 화요일에 흥미로운 제안을 받는다. 그건 바로 다음의 순서대로 그림을 그려 한 편의 풍경화를 그리는 것이었다.

*산 강 집 길 돌 나무 꽃 텃밭 사람*

처음엔 저것들이 무슨 연관이 있을지 의문이 들었다. 나에게 저런 구성 요소들로 이루어진 풍경화를 그리도록 제안한 사람은 우리 반의 담임 선생님이셨다. 시간이 조금 흐른 뒤, 선생님은 저것이 미술치료를 위한 그림임을 알려주셨다. 처음에는 산을 너무 크게 그린 탓에 다른 구성 요소들을 그릴 자리가 없어져 모두 지우고 다시 그림을 그리게 되었다. 사실 이 그림을 그릴 때 지우개를 사용하면 안 된다고 하셨다. 하지만 그렇다고 해서 산만 큼직하게 떡 하니 그려놓은 그림을 제출할 수는 없지 않은가. 그래서 나는 아직 하얀 백지 상태인 종이의 뒷면에 그림을 다시 그리기 시작했다. 원래 그림을 그리는 것을 좋아하기도 하고, 무엇을 하든 공부보다는 재미가 있을 것 같았다. 나는 그렇게 심혈을 기울여 한 편의 풍경화를 차츰 완성해나갔다.

*처음 그렸던 것만큼은 아니더라도 굉장히 크고*
*넓은 세 개의 산봉우리를 그렸다.*

*중간의 가장 큰 산봉우리를 왼쪽 위에서부터 사선*

으로 가로질러 내려오는 강줄기를 그렸다.

내가 땅을 산다면, 그래서 내 땅이 생긴다면 직접 지어
보고 싶었던 형태의 넓은 집 한 채를 왼쪽 아래에
그려 넣고, 주변에 둥글게 울타리도 쳐 놓았다.

집을 동그랗게 둘러싸며 오른쪽으로 출발하는,
갈수록 넓어지는 길도 그렸다. 제법 큰 길이라 사람은
물론 자전거와 차도 다닐 수 있는 길이다.

동그랗게 집을 둘러싼 길의 모양을 따라 돌을 놓아주었다.
둥근 돌, 울퉁불퉁 투박한 돌은 섞어 멋스럽게.
나무는 동그란 돌과 울타리를 따라 몇 그루 심어주고,
배경의 산에도 여러 그루 심어놓았다.

그 다음으로는 활짝 핀 꽃 또한 나무와 같은 자리에 놓았다.

세 번째 산봉우리와 아래쪽 길의 사이 남은 공간에 세 개의
도랑에 새싹이 나 있는 형태의 텃밭을 그렸다.

그리고 마지막으로 집 안에서 여유를 즐기며 밖을 바라보는
사람 한 명을 그려 넣으며 그림 그리기를 마쳤다.

나는 그림을 공들여 천천히 그려냈다. 그런 탓에 그림이 완성되기까지의 시간이 아주 많이 소요되었고, 제출 순서에 따른 그림을 통한 담임 선생님과의 상담의 순서는 뒤로 밀려나게 되었다. 처음에는 조금 궁금할 뿐 딱히 불편한 점은 없었다. 그런데 이 조그마한 궁금증을 자극시킨 것은 상담을 통해 그림치료의 내용을 듣고 눈시울이 붉어지다 그만 울음을 터뜨리고 마는 몇몇 친구들의 모습이었다. 무슨 이야기를 하는 걸까 같이 예상하며 궁금해했던 친구들 중 한 명이 울며 돌아왔을 때 나의 호기심은 극에 달했다.

그림을 그린 시점으로부터 일주일이 지난 화요일에 나는 드디어 내가 그린 그림에 대한 해석을 들을 수 있게 되었다. 풍경화의 구성요소 하나하나가 가지는 의미뿐만 아니라 그들이 이루어내는 조화에서도 의미를 찾아낼 수 있다던 담임 선생님의 말씀과 신기하게 다 맞는 말이었다던 친구들의 말에 나는 큰 기대를 안고 교실 앞쪽 의자에 가 앉았다.

*처음 그렸던 것만큼은 아니더라도 굉장히 크고*
*넓은 세 개의 산봉우리를 그렸다.*

넓은 산봉우리는 뭉툭했고 경사가 낮아 오르기 쉬운 형태다. 내가 설정한 목표는 내가 그린 산의 꼭대기에 도달하기 쉽고, 산이 뭉툭하고 낮은 만큼 그 산을 넘어가기에 상대적으로 힘이 덜 드는 산이었다.

중간의 가장 큰 산봉우리를 왼쪽 위에서부터
사선으로 가로질러 내려오는 강줄기를 그렸다.

이 강줄기. 아니 강보다는 하나의 길로 보이기도 하는 부분이
었다.

내가 땅을 산다면 지어보고 싶었던 형태의 넓은 집 한 채를
왼쪽 아래에 그려 넣고, 주변에 둥글게 울타리도 쳐 놓았다.

집을 동그랗게 둘러싸며 오른쪽으로 출발하는,
갈수록 넓어지는 길도 그렸다. 동그랗게 집을
둘러싼 길의 모양을 따라 돌을 놓아주었다.

나무는 동그란 돌과 울타리를 따라 몇 그루 심어주고,
배경의 산에 여러 그루 심어놓았다.

그 다음으로는 활짝 핀 꽃 또한 나무와 같은 자리에 놓았다.

이 모든 요소들의 공통점이 있다. 그것은 바로 집을 둘러싸고
있다는 것이다. 정말 잘 지어진 좋은 집은 울타리와 돌들로 둘러
싸여 있고 그 곳에서 나가는 길은 한 갈래뿐이다. 울타리 안에 있
는 꽃과 나무들은 소수이나 조금만 밖으로 나간다면 가까운 산에
더 많은 꽃과 나무들이 있다.

*세 번째 산봉우리와 아래쪽 길의 사이 남은 공간에 세 개의
도랑에 새싹이 나 있는 형태의 텃밭을 그렸다.*

텃밭에 이미 씨앗을 심어 새싹을 얻었으므로 키우기만 하면 되
는데, 텃밭과 가까운 곳에 강이 있으므로 물을 대기도 쉬운 농사에
아주 적합한 환경이다. 그야말로 살기 좋은 환경이다.

*그리고 사람 한 명. 마지막으로 집 안에서 여유를 즐기며 밖을
바라보는 사람 한 명을 그려 넣으며 그림 그리기를 마쳤다.*

그러나 문제는 여기서부터다. '집 안에 있는 사람'은 그 좋은 조
건들을 흡족하게 바라만 볼 뿐 집 안에서 나오지 않는다. 가까운 곳
에 나무가 많고 오르기 쉬운 산이 있고, 물을 대기 쉽고 집에서도 가
까우며 이미 싹을 틔운 좋은 환경의 밭이 있음에도 가 보지 않는다.
모든 요소들이 견고하게 감싸 보호하고 있는 집 안에서 사람은 움
직이지 않는다. 조금만 밖으로 나간다면 누릴 수 있는 좋은 것들이
많은데도 말이다. 누구나 꿈꾸는 전원 환경이었다. 물론 집에 문도
있다. 그리고 돌과 울타리로 둘러싸인 집터에 들어오는 길은 활짝
열려있기도 하다. 그런데 사람이 밖으로 나오지 않는다는 것이다.

나를 투영해 그려진 사람은 잘 만들어진 집과 경관 속에 나 자
신을 가두고 있다. 지어진 집의 울타리 안에 있는 외부의 요소는
나무 몇 그루와 꽃 몇 송이뿐이고, 좋은 집은 달리 본다면 그저 멀

쩡하게 생긴 하나의 시설 좋은 감옥이라고도 볼 수 있을 정도로 고립되어 있다. 나와 관련된 모든 것들은 나 안에서 생겨나고 또 그 안에서 사라진다. 그것들은 일부를 제외하고는 외부와 차단되어 있다. 평소의 나는 외부로 내 주변인들에게 내 얘기를 많이 하곤 한다. 그리고 사람들은 내 성격에 대해 상당히 솔직하다고 평가한다. 그러나 그것은 외부로 보여지는 것에 국한될 뿐이다. 어느 정도를 넘어서면 그 이후부터의 자세한 이야기와 감정을 드러내기 꺼려한다. 이것이 습관으로 굳어지게 된 것은 지금은 옛날보단 어색해진 한 친구로 인해서였다.

사실 나는 다른 사람들의 이야기를 듣는 것을 좋아한다. 옛날부터 좋아했고, 지금도 좋아한다. 나 이외의 다른 사람들이 어떻게 살아가는지에 대한 이야기들은 너무 흥미롭고 재미있다. 그런데 주변 사람들에게 항상 좋고 행복한 일들만 생길 수는 없는 노릇이니 가끔 고민을 털어놓는 친구도 있었고, 화나거나 서운했던 일들을 얘기해 주는 친구도 당연히 있었다. 그 중 나와 친했던 어느 한 친구에게 나와 친해진 그 다음 해에 힘든 일들이 있었다. 굉장히 친하다고 느끼는 몇몇 친구들 외의 다른 사람들에게 별다른 관심이 없는 내 성격 탓에 나는 그 친구의 이야기를 다른 아이들에게 발설하지 않았다. 그래서 그 친구는 나를 믿고 마음 편히 자신의 고민을 털어내었다. 꾸준히 주변에 대해 신경 쓰고 상처받는 친구를 위로해 주고 완벽하진 않더라도 어느 정도의 공감을 해주는 것은 제법 오랫동안 내 몫이었고, 처음에는 친구의 상황에 대한 공감이나 친한 친구에 대한 걱정 등의 복합적인 감정을 느끼며 힘들어하는 친구의 슬픔을 덜어줄 수 있다는 것에 안도했다. 같이 해결 방안도 찾아보고, 그 친구가 느끼는 감정들에 공감하려는 노력도 했다.

그런데 그런 것들이 한두 번에서 여러 번, 수십 번이 되고 어느새 그 친구가 하는 모든 이야기들이 그 친구의 슬프고 우울한 감정 쏟음이 되었을 때 나는 지쳐버렸다. 어느 순간부터 친구의 이야기들을 들어주고 있는 것이 짜증스러워졌고, 차츰 그 친구를 귀찮아하며 멀리 대했다. 더 이상은 들어주기도, 가까이 하고 싶지도 않았다. 내가 생각하고 고민하는 무거운 것들을 남들에게 털어놓지 않은 건 그 친구가 귀찮아질 때쯤이었던 것 같다. 그 친구와의 추억을 다시 한번 돌아보니, 우리는 처음엔 어색했지만 알아갈수록 공통점들이 쏟아지는 서로가 서로를 위해 만들어진 것 같은 그런 친한 친구였다. 무엇이든 같이 했고, 무슨 이야기든 하는 비밀이 없는 사이이기도 했다. 다시 떠올려 보니 그 작은 여자애(나도 작은 여자아이였다)는 그 당시의 나에게 있어서 가장 소중한 친구였다. 이때까지 딱히 심오하게 생각해 보지도 않았고 생각하기도 싫었던 그때 일을 다시 떠올려 그에 관해 생각해 보고 나니 한 가지 결론에 도달할 수 있었다.

나와 가까운 관계에 놓여 있는 지금의 친구들과 멀어지기 싫었던 것이다. 우울한 감정들을 반복해서 쏟아내면 아무리 친한 친구더라도 언젠가는 지칠 수밖에 없다. 그것을 알고 난 후엔 가벼운 결정이나 보여지는 상황들을 제외하고는 친한 친구들에게도 나에

관한 이야기들을 잘하지 않게 되었다. 언젠가부터 무의식적으로 자리잡혀버린 습관이 그림에서 나타났던 그 날, 나는 집으로 가는 길에서 생각에 잠겼다.

지금의 나는 친구들과 깊은 관계를 맺지 않는다. 지금보다 더 어렸을 땐 그러지 않았던 것 같은데 지금은 그렇다. 어떤 시점이 있는지 확실치는 않지만 표면적으로 서로 친하다고 느끼는 친구들과도 연락을 잘하지 않게 되었다. 친하더라도 자주 마주치지 못하는 상황에 놓인 모든 친구들을 하나하나 다 챙길 수는 없다. 그렇기 때문에 자주 마주치고 만나 노는 친구들이 아니면 자연히 거리감이 생기게 된다. 그렇게 하나씩 거리를 두다 보니 어느 정도의 형식적이고 무난한 관계만을 유지하는 것이 편해졌다. 보면 인사하고, 같이 있으면 수다를 떨지만 굳이 따로 만나거나 연락하진 않는 인간관계들이 주변에 수두룩해졌다. 처음엔 귀찮지도 않고 편했지만 갈수록 표면적인 관계들이 생기니 외로워졌고, 그래서 그 중 특히 내가 더 편안하게 느끼는 일부 친구들과 연락하고 만나 놀기도 하게 되었다. 챙겨야 하는 친구들의 수가 적으니 더 신경 쓰기도 좋고, 한편으로는 더 깊게 친해지니 소속감과 편안함을 느낄 수 있었다. 그런데 그렇게 인간관계를 하나씩 늘려가다 보니 어느 순간 다시 귀찮아졌고 그래서 지금의 나는 몇몇 친구들에게는 연락이 와도 잘 받지 않는다. 나는 내가 챙기는 친구들에 대해 집중하고 싶다. 멀어지고 싶지 않다. 그리고 많은 사람들이 나에게 있어서 좋은 감정을 가지고 있었으면 좋겠다. 항상 그런 욕심이 있었다. 그래서 겉으로 보여 지지 않는 면들을 드러낼 때 늘 더 조심스러웠던 것 같다.

굳이 생각해 본 적은 없지만 무언가 내 이야기들을 하고 싶어질 때마다 그것을 들은 상대가 당황하지는 않을지, 나를 볼 때마다 감정에 치우친 나의 모습을 떠올리며 불편한 감정들을 느끼진 않을지 걱정했다. 그냥 걱정이 되었다.

대부분의 사람들이 주변의 친한 친구에게 어떤 일이 생기면 들어주고 싶어 하고, 그것을 들어주는 것이 힘들다고는 하지만 친하니까 들어주고 함께해줄 수 있다고 생각했었다. 그리고 지금도 그렇게 생각한다. 그렇기 때문에 지금의 내 친구들도 내가 무슨 이야기든 한다면 기꺼이 들어주겠다고 할 것을 알고 있다. 그러나 현실은 여러 번 들어주다 보면 언젠가는 나와의 관계에 거리를 둘 수도 있지 않을까 라는 두려움에 섣불리 말을 꺼내지 못한다. 얼마나 많은 감정을 소모해야 하고 얼마나 힘든 일인지 겪어봐서 알기 때문에 더 꺼려지는 것이다. 자꾸만 말이다.

무거운 생각들에 몇 시간 동안 잠겨 있다 보니 그런 생각들을 하는 것 자체가 싫어져 생각을 멈추려 했다. 하지만 울타리와 한 갈래의 길, 그리고 무거운 돌들로 둘러싸여 고립된 집과 그 안에 있는 사람 한 명에 대한 생각은 떨쳐내려 해도 떨쳐지지 않았다. 울타리 안에 있는 작은 나무들은 그나마 상대적으로 깊은 인간관계들을 연상시켰다. 싹을 틔웠고 가까이에 물이 있음에도 불구하고 그 물을 길어다 주는 사람이 없어 말라가는 텃밭 또한 계속 떠올랐다. 현관문을 열고 이미 뚫려 열려 있는 길로 나간다면 얻을 수 있는 것들이 너무 많았다. 낮고 뭉툭한 산을 넘어간다면 더 많은 새로운 세상과 경험, 만남들이 있을 터였다. 그런 것들을 놓치기엔 내가 욕심이 많은 사람이라 너무 아까웠다. 울타리로 둘러싸인 공간 안의 몇 그루의 작은 나무들과 몇 송이의 꽃으로는 만족하지 못한다는 것은 내가 가장 잘 안다. 그저 그 정도면 충분하다고 치부한 것뿐이다. 그렇다면 지금 나에게 필요한 것은 한걸음이다.

*문을 열고 밖으로 나가는 데 필요한 한 걸음.*
*그 첫 한 걸음.*

그 한걸음을 내딛기까지의 과정이 어렵다는 것을 잘 안다. 하지만 솔직한 나를 외부에 드러냄으로써 잃는 것보다 얻는 것이 더 많을 것이라는 점은 맞는 말 같다. 모든 사람들에게 솔직하게 대할 수는 없겠지만, 조금 덜 고민하고 조금 덜 망설이다 보면 혼자 스트레스 받는 일도 적어질 것이다. 그런 것들에 익숙해지면 지금보다는 확실히 더 행복한 삶을 찾아낼 수 있지 않을까 싶다. 지금보다 나는 앞으로 더 행복해지고 싶다. 그리고 그 행복은 나 스스로 만들어 가도록 노력해야 한다는 것도 잘 안다. 나 자신을 고립시키는 울타리 안에서 밖으로 나가 길을 따라 걸어간다면 언젠가는 자신이 원하는 바에 도달할 수 있을 것이라고 나는 생각한다.

*이제까지의 내가 울타리 안에만 있었다면,*
*이제부터의 나는 울타리 밖으로 한 걸음을 내딛는다.*

다음 똑같은 구성요소를 넣은 그림을 그릴 때 그 사람은 어디 있을까? 아마 16살 지금 내가 그린 모습과는 달라져 있지 않을까.

# 글을 마치며

✱

　처음 글을 쓰려 했을 때 성장에 관하여 어떤 주제를 어떻게 풀어나가야 할지 정말 많이 고민했다. 그러다 학교 자습시간에 담임 선생님에 의해 접하게 된 미술치료의 결과에서 어떻게 글을 풀어내야 할지에 대한 단서를 얻었다. 글에 나온 내용은 당시 내가 그렸던 그림을 그대로 글로 풀어놓은 내용이다. 사람을 집 안에 그리는 경우는 드물다는 담임 선생님의 말을 들은 그날 나는 많은 생각을 했다. 글에서는 다루지 않았지만 내 그림 속 열려 있는 울타리의 문과는 달리 집의 현관문은 굳게 닫혀 있었다. 울타리 안의 꽃과 나무와도 접촉이 없다는 것이다. 그런 것들을 보다 보니 현관문 밖으로 가는 데 무엇이 필요할지가 이번 글을 풀어낼 수 있는 성장의 키워드가 될 수 있을 것만 같은 느낌이 들었다. 문과 울타리라는 요소는 자신을 드러내지 않기 위한 수단이다. 글의 주인공은 옛 친구로 인해 자신도 느끼지 못한 새에 자신을 드러내지 않는 것이 습관이 되었다. 이처럼 사람들은 저마다의 이유로 자신을 완벽하게 드러내지 않는다. 세상은 혼자 살아가는 것이 아닌 여러 사람이 모여 살아가는 공간이므로 너무 지나치게 솔직한 것은 다른 사람들이 불편하게 느낄 수 있다. 하지만 그렇다고 해서 모든 사람들에게 솔직하지 못하게 대한다면 표면적인 인간관계에서는 좋을지 몰라도 자신에게 있어서는 스트레스가 쌓일 수밖에 없다. 텃밭에 물을 주는 것과 산을 올라 넘어가는 것들과 같이 자신이 만든 공간 안에서 할 수 없는 것들이 있는 것처럼 모든 것을 혼자 할 수는 없다. 때로는 그것이 마냥 긍정적인 것만은 아니더라도 여러 사람이 함께 풀어나가야 하는 것들이 있기 마련이다. 이때까지 읽으며 대부분 눈치를 챘겠지만 이 글은 극히 일부를 제외하고는 나의 이야기이다. 동아리 시간에 글쓰기 개요표를 작성하다가 다시 덮고 고민했었다. 그리고 떠오르는 대로 글을 쓰기로 했다. 노트북을 켜놓고 떠오르는 생각들을 모두 적었다. 나는 작가가 아니라 매끄럽지 못하고 다소 두서없어 보일 수 있지만 내가 전달하고 싶은 생각들은 모두 전달했기 때문에 글을 쓰고 난 후 뿌듯함을 느꼈다. 그리고 나에 대해 진지하게 생각해 볼 수 있어서 좋았다.

글을 마치며 후기를 몇 줄 적어 보는 지금은 위 글을 쓴 시점으로부터 며칠이 지난 후이다. 내가 쓴 글을 다시 읽어보니 감회가 새롭다. 이런 좋은 경험을 할 수 있었던 것에 대해 담임 선생님과 우리 동아리 책쓰기반 사서 선생님께 감사하다. 글의 마지막에선 그림의 고립된 집을 통해 여러 생각을 하며 울타리 밖으로 나가는 데 필요한 한 걸음에 초점을 맞추었다. 그렇지만 지금 생각해 보니 그것과 함께 또 다른 좋은 결말이 떠오른다. 자신을 불필요하게 구속시키고 고립시키는 울타리를 아예 허물어 보는 것이다. 저마다의 방식은 다를 수 있겠지만 울타리 밖으로의 한 걸음 더 나아가 울타리를 허물고 더 넓은 세상을 만나며 한층 더 성장할 수 있는 계기가 되면 좋겠다. 나 또한 이 글로 아주 조금 더 성장했지 않을까. 그리고 글을 읽는 여러분도 함께 성장하길 바라며 이렇게 마친다.

(＊현재 내가 그렸던 그림을 가지고 있지 않아 동아리 선생님께서는 내가 그렸던 그림을 다시 한번 그려서 글과 함께 싣는 것이 어떻겠느냐고 제안을 주셨다. 며칠 고민을 하다가 다시 그리지 않았다. 독자 여러분께서 머릿속에서 상상으로 함께 그려 나가는 것도 즐거운 일일 듯해서!)

# 안녕,
# 나의 고민_나의 친구

Enjoy Writing Books

3학년 권송비

저를
소개합니다

권송비

- **나이** : 16세
- **나의 오랜 꿈** : 원예심리상담사
- **나의 취미** : 멍 때리기
- **나의 매력** : 깜찍함
- **좌우명** : 모두 이해하고 존중하며 살자
- **지금 이 순간의 가장 큰 관심사** : 하현우!

**나는 ○○하게 성장 중이다.**

: 나는 자연스럽게 성장 중이다.

– 평범하게 내 나이에 맞게 성장 중인 것 같다.

**나는 이런 어른이 되고 싶다.**

: 나는 예의를 지키는 어른, 낭만적인 어른이 되고 싶다.

# 202X. 3. 2. / 봄 /

벌써 이날이 온 건가? 개학식!

공휘련, 바로 내가 3학년이 되었다니. 입학했을 때가 엊그제 같은데, 벌써 마지막 학년이라니! 부푼 가슴을 안고 교실에 들어서자 익숙한 얼굴이 보였다. 나와 몇 년 동안 알고 지낸 친구, 신소리. 특유의 뚱한 표정으로 앉아 있다. 다른 애들을 보니 얼굴만 알뿐, 친한 친구는 없었다. 바로 반갑게 소리의 옆으로 가 방정맞게 인사했다. 내 쪽을 흘겨보더니, 손만 들어 가볍게 인사했다. 옆자리에 앉고는 책상 위에 가방을 얹었다.

"신소리, 너도 8반이었어? 왜 진작 얘기 안 해주고!"

"네가 또 호들갑 떨까 봐 그랬다, 왜."

옆구리를 툭툭 치면서 "친구끼리~ 당연히 그럴 수도 있지!"라며 대수롭지 않게 넘어갔다. 다소 따분한 잡담을 나누다 종이 치더니, 몇 분 후에 담임 선생님이 들어왔다. 상냥한 목소리로 말씀을 해주시는데, 본인은 과학을 담당하고 있다고 하셨다. 성함은 선우 현, 남자 선생님이셨다. 신기하게 성이 선우라 하여, 기억이 잘 남을 것 같았다. 간단하게 오리엔테이션을 마치고 선생님께서 나가시더니, 애들끼리 몇몇 뭉치더니 소란스러워졌다. "우리 반 쌤 잘생겼지 않아?"라든지, "야, 진짜 오랜만!"이라며 자기들끼리 열심히 수다를 떨었다. 내 친구 소리는 그런 것에 관심이 없는지, 팔짱을 끼고 다리를 꼬고 눈만 굴리며 주변을 보고 있었다. 나와 싸운 건 아니고, 원래 이런 친구니까 난 그러려니 했다. 이러고 있는데, 소리의 주변으로 다른 여자아이들이 몰려오며 이름을 물어보았다. 소리는 예쁜 외모로 늘 관심을 모은다. 내 예상대로 그들에게 관심이 없었던 소리는 단답형으로 대충 답하고는 입을 열지 않았다. 대부분의 여자아이가 그렇듯, 자신과 맞지 않으면 벽을 둔다. 몰려온 아이들은 차가운 답변에 멋쩍게 웃으며 본인들끼리 중얼거리며 복도로 나갔다. 소리는 그들을 곁눈질로 지켜보더니 이내 후 한숨을 쉬었다.

"왜 친한 척을 하는 거지? 난 쟤네를 모르는데. 괜히 와서 욕하면서 돌아가잖아. 내가 모르는 줄 아는 걸까?"

소리는 여럿과 어울리는 것을 좋아하지 않는데, 조금 전 말했듯이 눈에 띄는 예쁘장한 얼굴이라 여자아이들과 남자아이들이 저절로 꼬인다고 스스로 말한다. 하지만 까칠한 성격 때문에 소리를 싫어하는 여자아이들이 많다.

"그러니까! 공휘련이라는 아주 귀엽고 예쁜 네 하나뿐인 소중한 친구가 있는데. 그렇지? 히히.”

“또 이런다. 또또.”

소리는 말은 차갑게 하지만 웃음 담긴 눈으로 날 째려봤다. 기분 나쁘지는 않았다. 그야 항상 있던 일이고, 진심이 아니라는 것을 아니까!

복도로 나갔던 아이들이 문 쪽에서 우리를 보며 속닥거리고 있었다. 아, 싫은 느낌. 분명 우릴 보고 좋은 얘기를 하고 있진 않을 거야. 예상컨대, 소리는 버릇없다 하고, 난 이국적인 외모라 떠들고 있겠지. 중학교 입학하고 나서부터 들어와서 그런 뒷담을 들은 게 한두 번이 아니니까. 싫다, 뭔가 미움 받는 느낌. 틀을 벗어나는 느낌. 난 아무것도 하지 않았는데. 소리가 갑자기 자리에서 일어났다. 다급히 그의 손목을 잡았다.

“너 어디 가? 설마…”

“왜, 너도 알잖아? 대놓고 저러는데 모를 리가 없지.”

“아, 좀. 가만히 있자. 우리가 참으면 되잖아. 올해만 참으면 되니까. 네가 안 괜찮으면 어쩔 수 없지만, 난 진짜 괜찮거든.”

소리는 날 가만히 쳐다보더니 한숨을 쉬고 다시 자리에 앉았다. 사실 2학년 때 나는 굉장히 이국적인 외모 때문에 다른 친구들과 달라 보여서 따돌림을 받은 적이 있다. 그때 소리가 나를 대신해 따돌리던 아이들에게 화를 냈고, 위로해 줘서 덕분에 자신감을 가졌다. 하지만 이것이 트라우마로 남아서 뒷담화를 보거나 들을 때면 가슴 한쪽이 욱신거리는 느낌을 받곤 했다. 그래서 소리는 저 아이들이 거슬리는 거겠지. 겉은 퉁명스럽게 대하지만 정말 좋은 친구야 라고 늘 생각한다. 하지만 언제까지고 참으면서 살 수는 없을 텐데. 다른 친구를 사귀려고 노력 좀 해야겠다.

앗- 딩동댕동,

종이 쳤다. 이제 수업에 집중해야지.


순식간에 7교시가 전부 끝나고 학교가 마쳤다. 아이들이 한둘 자리에서 일어나며 나갈 준비를 하고 있었는데, 그중 내 옆의 분단에 있던 애에게 나는 환하게 웃으며 말을 걸었다.

"안녕! 난 공휘련이야. 너는 이름이 뭐야?"

"아. 어… 그래. 난 양에이야."

"뭐? 이름이 에이? 우와. 엄청 신기하다! 그것도 양 씨라니."

그 아이는 무미건조한 반응과 함께 고개를 끄덕였다. 나 혼자 신나서 떠들어댔다. 에이의 의사는 가볍게 무시한 채.

"아, 저기. 나 먼저 갈게. 미안."

에이가 내 말을 딱 잘라 말하고는 가방을 멨다. 황급히 나 또한 가방을 메고 에이의 옆에 갔다. 같이 가자고, 집이 어디냐고 물었는데 에이는 손사래를 치며 혼자 가겠다고 말했다. 어색하게 웃곤 잘 가라고 손을 흔들어 주었다. 에이는 뒤도 보지 않고 혼자 갔고, 소리가 내 등을 툭툭 쳤다.

"또 무시하디?"

힘없이 고개를 끄덕이며 어쩔 수 없다는 듯 어깨도 끄덕했다. 이렇게 생겨서 태어난 내가 잘못일까, 아니면 자신과 다르다고 멀리하는 저들의 잘못일까? 몇 년째 해답을 찾지 못하고, 소리와 함께 집으로 돌아갔다. 도중 집의 방향이 달라 중간에서 헤어졌다.

얼마 안 가서, 내 옆 분단의 에이가 보였는데 키가 큰 남성과 함께 있었다. 교복을 보니 학생이고, 우리 학교의 학생은 아닌 것 같다. 혹시 나쁜 짓을 당하고 있는 건 아닐까? 자세히 보니 에이는 곤란한 표정을 짓고 있었다. 내 촉이 좋은 일은 아닐 것이라 확신하고, 난 그쪽으로 달려가서 에이의 앞에 서서 남성을 마주했다.

"저기요! 제 친구한테 뭐하는 거예요?"

남성은 당황하더니, "네?"라며 고개를 갸웃거렸다. 에이는 뒤에서 내 어깨를 톡톡 쳤는데, 내가 해결해 준다고 뒤를 보고 미소 지었다.

"사람이 잘 안 지나간다고 이러시면 안 되죠. 그러니까……"

"야, 공휘련!"

뒤에서 큰 소리로 에이가 불러 깜짝 놀랐고, 돌아보니 못마땅하게 팔짱을 낀 채로 날 보고 있었다. 에이는 그가 자신의 남자친구라 하였다. 학교에서 두고 온 물건이 있어서 돌아갈까 고민하고 있었다는데, 갑자기 내가 끼어들었다고 한다. 아, 오해했구나! 재빨리 앞에서 나오고, 꾸벅 허리를 굽혔다.

"정말 미안! 그리고 미안해요! 전 에이가 모르는 사람이랑 있고 도움이 필요한 난처한 상황인 줄 알았어요."

에이는 "됐어."라며 매정하게 답한 후 남자친구의 손을 낚아채고 가버렸다. 날 흘깃 보며 얘기하는 게, 분명 내 이야기를 하는 거겠지. 아, 진짜로… 너무 싫다. 분명 좋은 일을 하려고 한 건데, 왜 이렇게 된 거지? 집이나 일찍 가야겠다. 오늘도 괜한 오지랖이었나 보다. 즐거웠어야 할 3학년 첫날은 민망함으로 끝이 난 채 집으로 돌아왔다.

집에 돌아와서 곰곰이 생각해 보니 역시나 내가 또 괜한 오지랖을 부린 게 아닌가 싶었다. 사람들은 내 도움 없이 잘 살고 있고, 애초에 남이 자기 일에 신경 쓰는 것을 좋아하는 사람이 있을까 싶었다. 당장 나라도 남이 내 일에 끼어드는 것을 극히 싫어하는데. 난 오늘 여러 사람의 기분을 나쁘게 했다. 좋은 마음으로 시작한 일은 남들이 기뻐하지 않았고, 오히려 무관심을 사랑했다. 내가 신경 쓰지 않았더라면 그들의 하루는 더 평온했을지도 모른다. 이때까지 정의롭다고 생각한 내 자랑스러운 성격은 한순간에 거슬릴 뿐인 오지랖으로 변했다. 또 예전처럼 말할 줄 아는 벙어리로 남아서 남들에게 이용당하는 건 아닌지, 온갖 불안이 머릿속을 잠식했다. 베개로 머리를 감싸고 이불 속에서 겁쟁이처럼 벌벌 떨고 있었다.
띠롱
핸드폰 알림 소리가 울렸다. 무슨 일이지? 정신이 번쩍 들었다. 이제 이러지 않기로 소리와 약속했었는데. 벌떡 일어나 핸드폰을 들어 알림을 확인했다. 아, 소리네.

[뭐해?]

이상하다, 소리가 먼저 톡을 할 리가 없는데. 무슨 일이 있나?

[나? 음... 아무것도 안 하고 있었어]

[소리님께서 웬일로 먼저 톡을 했대~~]


[너 걱정돼서]


…아? 걱정? 전혀 상상치 못한 답변이다. 얘가 이럴 애가 아닌
데? 뭘 잘못 먹었을까. 아니면 오늘 학교에서 있던 일이 신경 쓰
였던 걸까?


[??뭐가~ 난 항상 괜찮지! 학교에서 있던 일 때문에 그래?]


[아니… 너 하교할 때 양에인가 양비인가 걔 만났잖아]


어라. 이상하다. 분명 소리와 내 집은 반대 방향인데. 그걸 어
떻게 본 거지? 싫은 기억이라 말하기 꺼려진다. 아무리 소리라도
지금은 말할 기분이 들지 않아 읽기만 하고 핸드폰을 책상 위에 엎
어두고 무기력하게 침대 위로 쓰러지듯 누웠다. 조금만, 아니. 오
늘은 이렇게 있자.


환한 아침 해가 내리쬐며 무거운 눈꺼풀을 올렸다. 눈을 비비
며 일어나니 시침은 7을 가리키고 있었다. 앗 벌써 시간이……. 구
시렁대며 침대에서 일어나 학교에 갈 준비를 한다. 준비하는데 문
득 생각이 든다. 반 애들의 얼굴을 어떻게 보지. 첫날부터 이미지

가 완전히 망했잖아. 그냥 조용히 있을걸 그랬어. 이런 생각을 하다 보면 벌써 학교에 가기 싫어진다. 하지만 안 갈 수는 없지. 단정하게 교복을 입고 집을 나선다.

부드럽고, 약간은 차가운 봄바람이 뺨을 스쳐 지나간다. 숨을 크게 한껏 들이쉬니 그나마 머리가 맑아지는 느낌이다. 좋아, 학교에서까지 우울하게 있을 순 없지! 마음을 다잡고 힘차게 발을 내디딘다. 좋게 생각하니 언제 그랬냐는 듯 불안은 날아가고 머릿속은 꽃밭이 되었다. 방긋, 미소를 머금고 학교에 도착했다. 3학년 8반, 내 반으로 당당하게 걸어갔다. 당당한 척 아니, 조심성 없이 가다 보니 다른 사람의 어깨를 쳐버렸다.

"아, 미안……."

무안하게 뒤를 돌아 사과하는데, 그 사람을 보니 심장이 쿵 내려앉는 느낌이 들었다. 그럴 만도, 내가 2학년 때 주도적으로 날 따돌렸던 애였다. 금방이라도 잡아먹을 듯한 눈빛, 찡그린 미간, 어이없다는 듯 한쪽만 올라간 입 꼬리.

"잘도 즐겁게 다니네. 아직 부족한가 봐?"

말문이 턱 막혔다. 오늘은 재수가 없는 날인가? 하필 친 것도 오주현, 얘라니. 제대로 자리 잡고는 내 앞에 섰다.

"눈에 뵈는 게 없는 거야, 아니면 일부러 시비라도 터는 거야? 봐주니까 자꾸 기어올라. 그치?"

방긋 웃으며 얘기하는 꼴이 너무 섬뜩해서 온몸이 굳어 움직일 수 없었다. 무슨 말을 하려고 해도 분위기에 압도당해 입이 열리지 않았다. 주현이 내 손목을 세게 잡고는 따라 오라는 말과 함께 억지로 끌고 가려고 했다. 저항을 해보려고 하는데, 앞에서 째려보는 게 무서워서 이내 관두었다. 좀처럼 머릿속은 정리되지 않았고, 멍하니 바닥을 바라본 채 그대로 끌려가나 싶었는데.

"야, 오주현!"

그때 소리가 오더니, 주현의 손목을 쳐내고 인상을 쓰며 노려보고 있었다.

"하, 영웅 납셨네. 또 참견하려고?"

"참견이고 뭐고, 이런 건 당연한 거야. 넌 지겹지도 않아? 휘련이가 뭘 잘못했는데? 고의도 아니었잖아. 착해 빠진 애 괴롭히는 게 그리도 즐거워? 네가 이러지 못하니까 괜히 샘나서 그런 거지? 속 보인다, 진짜 왜 그렇게 사니. 고의로 그런 거였다면 네 머리를 뜯고도 남았을 거야. 그 재수 없는 입 좀 그만 나불대, 뭐가 잘났다고 당당하게 다니는 건지. 휘련아, 가자."

소리가 다다다 쏟아냈다.

주현은 당황했는지, 두 손에 주먹만 쥐고 멀뚱히 보고만 있었다. 소리가 내 손을 잡더니 휙 돌아서 반으로 향했다. 그러자 주현이 뒤에서 내 머리카락을 잡곤 놓아주지 않았다. 잡은 상태 그대로 밑으로 당겨서 난 큰소리를 내며 뒤로 넘어졌다. 소리는 놀라며 나를 부축해 주었고, 주현은 언짢다는 듯 보고 있었다. 주현이 가까이 오더니, 내 등을 발로 차려는데.

"뭐야, 무슨 일이야!"

에이가 달려와서는 주현을 막았다. 주현이 작게 중얼거리는데, 결코 좋은 뜻은 아니었을 것이다. 말리고는 바로 내 옆으로 붙어,

같이 부축해 주었다. 주변에 다른 학생들도 많았기에 금세 어수선해졌다. 그 사이에서, "잠시만요! 지나갈게요."라며 어떤 곱게 생긴 아이가 나와서는 우리의 옆에 섰다.

"너무 시끄러워서 선생님을 모셔왔어요. 왜 사람은 많은데, 말릴 생각은 안 하는 걸까요!"

바로 뒤에서 담임 선생님께서 오시더니, 주현이를 데려갔다. 입 모양이 우리에게 욕하는 것처럼 보였지만, 그건 알고 싶지 않았다. 그러고 보니 우리에게 도움을 준 아이, 처음 보는데……. 조심스레 그쪽으로 고개를 들고 물었다.

"아, 저는 홍서리라고 합니다. 저는 2학년인데 선생님께서 부탁하신 일이 있어서 올라왔는데, 사람이 많아서…… 분위기도 좋지 않아 보였고요. 오지랖이라고 생각할 수도 있겠네요. 저 때문에 혹 불편하셨다면 죄송합니다. 선배님."

"아냐. 도와줘서 진짜 고마워! 에이도 정말 고마워. 분명 어제 폐를 끼친 거 같은데…."

에이는 머쓱하게 웃었다. 어제 집에 돌아가서 생각해 봤는데, 도움을 주려고 하던 눈치였는데 말을 너무 심하게 한 것 같다고, 미안함이 들었다고 했다. 그리고는 미안하다며, 앞으로 친하게 지내자고 웃었다. 나는 그에 보답하듯 활짝 웃고, 고개를 크게 끄덕였다. 소리는 옆에서 피식, 웃으며 그만 반이나 가자고 했다. 우리 셋은 재밌는 농담이나 주고받으며 반으로 돌아갔다.

그해 봄은 이렇게 기억된다.

꽃망울 터짐과 함께 날아간 고민 하나.

나, 그리고 친구.

# /여름/

별 탈 없이 웃고 떠들고, 공부하며 시간을 보내다 보니 무더운 여름, 드디어 방학을 맞이하게 되었다. 시끌벅적한 방학식을 마치고 각자 집으로 돌아가 여유롭게 선풍이 바람 아래에서 뒹굴뒹굴하고 있는데 띠롱, 하는 톡 알림 음이 울렸다. 확인해 보니, 소리였다.

[소리씨 하이! 무슨 일이야?]

[야]
[나 큰일 났어]
[진짜 미쳤나 봐!]

평소에는 단답으로 딱 하나만 답장하던 소리가 오늘따라 분주해 보였다. 확실히 무슨 일이 생긴 건 분명했다. 소리가 저럴 만큼이면 꽤 큰일일 것이다.

[나아니 나 진짜 하⋯⋯.]

[놀라지 마]
[나 좋아하는 사람 생긴 거 같아]

엥? 정말 예상 밖이다! 천하의 소리가? 사람한테 관심이 전혀 없는 애였는데, 누가 소리의 마음을 움직였다는 거지? 상대가 누구냐고 물어보았다. 읽은 상태로 한참 동안 말이 없다가 10분쯤 뒤에 답장이 왔다.

[그……. 저번에]
[홍서리라는 애 기억해?]

아, 분명! 우리를 도와줬던 애. 소리 너랑 이름 비슷한 여자 이름 같은 그 남자애. 2학년이라고 했던가? 어떻게 친해진 걸까.

[자세하게 얘기 좀 해봐 어떻게 만나서 왜 좋아하는데?]

[아니……. 그 뒤로 도서관에서 만났는데 애가 먼저 인사하는 거야 처음엔 관심 없었는데 너무 착하고 귀여워서 이름도 비슷하잖아? 호감이 가더라고 그래서 대화하다 보니……. 나 혼자 이 지경]

[아……. 걔가 남자애 치고는 되게 예의바르긴 했지. 훈훈하고]
[여기서 말하기엔 좀 그래 만나자 10분 뒤에 나와]

답장을 확인하고 옷을 입었다. 소리가 먼저 쉬는 날에 만나자고 하는 걸 보니, 소리 입장에선 꽤나 심각한 일인 것 같다. 친구로서 가만히 있을 순 없지.

잠시 후, 뒤에 집에서 나오니 소리가 기다리고 있었다. 간단하게 손 인사를 주고받고 "사람 적고 조용한 카페를 알아. 거기로 가서 얘기하자."라며 먼저 걷기 시작했다. 뒤따라 총총 걸어갔다.

잔잔한 음악이 흘러나오고, 분위기 좋은 카페였다. 따뜻한 느낌이 들지만, 여름이라 안에는 에어컨이 켜져 있어 쾌적했다. 밀크티와 타로 버블티를 한 잔씩 시키고, 추가로 생크림 조각 케이크를 주문했다. 그제야 적당한 구석에 자리 잡았다. 소리는 한동안 말없이 밀크티만 마시며 내 눈치를 살피고 있었다. 자기가 먼저 말하기엔 창피하니 물어보라는 걸까? 내가 먼저 말을 꺼내야 하나?

"소리야, 어서 말해 봐. 처음부터 다시. 궁금해 죽겠어!"

"어, 어? 그래. 알았어. 근데 좀 길어질지도 몰라. 정리해서 말하는 법을 잊었어. 그러니까, 첫 만남은 알 테지? 거기서 처음 만났고. 며칠 뒤에 도서관에서 만났어. 난 책을 고르고 있었거든. 근데 뒤에서 누가 내 등을 찌르더라고. 어떤 놈이 자꾸 장난을 치는지 짜증나서 돌아봤는데 걔가 있는 거야. 엄청 해맑게 웃으면서. 그리고는 나한테 인사하는 거야. 선배, 안녕하세요~ 라나. 자기가 누군지 잊으신 건 아니냐면서. 기억난다고 하니까 방방 뛰더라. 그땐 성가시기만 했는데, 왜 이렇게 된 건지. 나랑 친하게 지내고 싶다면서 이름을 물어보더라고. 상대하기 싫어서 말해 주고 내 할

일 하려는데 또 오는 거야! 저번에 저 도와주는 모습이 멋있었다나. 자긴 남자든 여자든 용기 있는 사람 좋다며, 주말에 약속 있느냐, 없으면 자기랑 영화 보러 가지 않겠냐. 난 당연히 바쁘다고 했지. 그랬는데 그럼 도서관에서라도 보자면서 책 읽으려는데 옆에 앉아서 웃고만 있잖아. 어떻게 신경을 안 쓸 수가 있냐고. 만나 줄 테니 앞으로 아는 척 하지 말라고 했지. 근데 엄청나게 실망해서 농담이라고밖에 할 수 없었어. 아예 모르는 애였으면 무시했는데, 우리를 도와준 애잖아. 종종 만나고 도서관도 같이 가고 하다가... 이 꼴이지. 진짜, 내가 미쳤어. 아, 짜증나! 좋아서 짜증나. 나 이렇게 원래 사람 별로 안 좋아하는데 말이야."

소리가 귀가 엄청 빨개져서는 엎드려서 꿍얼거렸다. 난 그걸 보고 약간 이해가 되지 않았다. 그야 사실 난 연애란 분야에는 전혀 관심이 없어서, 공감을 할 수가 없는 것이다. 그래도 원래 안 이러던 친구가 갑자기 이러니, 뭔가 도와주고 싶었다. 말을 하려고 했는데, 소리가 고개를 들더니 아직 할 말이 남았다며 심호흡을 두어 번 하고 말을 이어갔다.

"한 4월 달인가? 그때부터 꽤 친해졌어. 같이 도서관에서 나오는데, 봄 날씨가 좀 쌀쌀할 때도 있잖아. 내가 춥다고 하지도 않았는데, 서리 걔가 자기 겉옷 벗어주면서 막 웃는데……. 진짜 너무 예쁜 거 있지. 괜히 부끄러워서 고개 푹 숙이고 걸었어. 또 내 생일이 4월 12일이잖아. 며칠 뒤에 생일이었다고 말하니 엄청 놀라면서 왜 자기한텐 말 안 해주냐면서 간식 잔뜩이랑 인형을 사주더라고. 다른 날엔 같이 놀러 갔는데, 내 스웨터 보고 예쁘다면서 어디서 샀냐고 물어봤거든. 알려줬는데 다음에 만났을 때 그 옷을 입고 오더라고? 선배가 추천해 준 거 샀다면서, 마음에 든다면서 진짜 어린애처럼 좋아했어. 아무리 봐도 이거, 커플룩이잖아. 미치겠네."

'음, 가지가지 한다, 진짜.'

속으로 말해서 다행이다. 어떻게 말해줘야 할지 전혀 감이 안 오는데, 소리는 말하기만 해도 좋아죽는 것 같다.

"그냥 고백해~ 이참에 잘 됐네. 예쁘게 만나보면 되지 뭐!"

"그렇게 쉽게 정할 일이 아니라니까! 헙."

자신의 말소리가 컸다고 생각하는지 바로 입을 틀어막았다. 주위 눈치를 보더니 이내 한숨을 푹 쉬었다. 이마를 짚고는 자기 혼자 중얼거리기 시작했다. 이럴 거면 들어준다고 나오지 말 걸 그랬나?

"소리야, 진정 좀 해 봐. 혹시 걔가 너한테만 잘해 주는 거 아니라면? 그럴 일은 없겠지만 혹시라도 불안하면 그럼 이번에 다시 만나서 확인하는 거 어때? 떠보는 거야. 좋아하는 사람 있느냐고, 있다면 누구냐고. 확실해진 거 같으면 고백. 어때?"

"…… 그럴까? 좋아. 이번에 약속 좀 잡아야겠어. 듣기 짜증났을 텐데 들어줘서 고마워. 진짜 말하는 것만으로 이렇게 도움이 되다니. 좀 가벼워진 것 같아. 나 이런 적이 처음이라서 말이지. 초등학교 중학교 통틀어서 누군가를 좋아한 건 처음이야. 우리 휘련이가 최고네."

빈말이라도 소리는 저러지 않는데, 어지간히 생각이 많았나 보다. 어떻게 내가 전혀 눈치채지 못하게 태연한 척 잘 지냈는지… 저것도 능력이다. 음료를 다 마시고, 조각 케이크까지 싹 비운 뒤

우리는 각자의 집으로 돌아갔다.

며칠 뒤, 소리에게서 연락이 왔다. 나 걔 만나러 간다고, 불안한데 너도 같이 있어주면 안 되겠느냐고. 물론 서리 모르게 몰래 뒤따라오라고. 별 걸 다 시킨다고 생각했지만, 친구의 연애 문제니 기꺼이 도와주기로 했다. 천천히 옷을 갈아입은 뒤, 소리가 보내준 사진의 카페로 향했다. 나인 건 모르게, 마스크를 쓰고 머리를 질끈 올려 묶은 뒤 비니와 알이 없는 안경을 썼다.

장소에 도착하니 소리와 서리는 이미 와 있었다. 난 조심스럽게 들어가 그 뒷자리에 앉아 엿들었다.

"그런데 소리 선배, 혹시 어디 불편하신 건 아니죠? 얼굴이 유난히 빨개요. 아프시면 병원에 데려다 드릴게요."

"아, 아니? 아니! 전혀 아프지 않아. 신경 쓰지 말고. 그나저나, 할 말이 있어서 불렀어, 오늘은. 단도직입적으로 물을게. 너, 좋아하는 사람 있어?"

"네, 네? 갑자기 무슨……. 음, 있다고 하면 믿어주실지."

대화를 보니 여기 도착한 지 꽤 된 것 같다. 타이밍 좋게 들어왔나 보다.

"그럼 상대는 누구야?"

"…… 그건 여기서 할 말이 아닌 것 같아요. 자리를 옮길까요?"

둘은 일어나더니 카페 밖으로 나갔다. 난 들어온 지 얼마 안 됐는데! 나도 서둘러 일어나 뒤따라갔다. 한참을 걸어가더니 사람이 없는 한적한 공원에 도착했다. 난 큰 나무 뒤에 숨어서 다시 엿들으려고 입을 꾹 다물었다.

"선배가 그런 말을 할 줄 몰랐어요. 고백을 해야겠다고 매번 생각했는데. 아무래도 지금 하는 게 좋겠죠? 저 사실 선배 좋아해요, 제가 좋아하는 사람 선배에요. 소리 선배."

헙, 어쩜 좋아. 고백하려나 봐! 장면은 보고 있지 않지만, 대충 소리의 표정이 예상이 갔다. 얼굴이 엄청 새빨개져서 고장이 나 있을 것이다. 간신히 눈만 끔뻑거리는 채로. 다시 숨어서 가만히 듣고 있는데, 누군가를 밀치는 소리가 들렸다.

"……. 아, 아니야. 저리 가!"

"소리 선배? 갑자기 무슨……."

상황을 보니 고백한 서리가 소리에게 다가갔나 보다.

"나, 나도 역시 널 좋아해. 서리야, 하지만 이건 친구로서도 아닌 동생으로서 좋아하는 것 같아. 하는 짓이 귀엽고, 칭찬해 주고 싶고 강아지같이 있잖아. 나만 보면 꼬리를 엄청 흔들어대는. 이건 이성의 감정이 아니야. 미안해. 친하게만 지내자. 그래도 되지? 나 때문에 기분 상했으면 미안. 먼저 가볼게. 좋은 하루 보냈으면 좋겠어."

소리는 왔던 길로 빠른 걸음으로 걸어갔다. 난 그 뒤를 황급히 따라갔고, 뒤를 돌아보니 고개를 푹 숙이고 힘없이 땅을 보고 있는 서리가 보였다.

달려가서 소리의 손목을 붙잡았다. 숨을 몰아 내쉬며 소리를 바라보았다. 소리는 내 손을 꼭 잡고는 "가는 길에 다 얘기해 줄게. 천천히 걷자."며 은은하게 미소 지었다.

"네가 뭘 궁금해하는지 알아. 왜 거절했냐는 거지? 뒤에서 들고 있었다시피 난 걔를 좋아하지 않았나 봐. 정말 같이 있음 편하다의 감정 그 이상도 이하도 아니었던 거 같아. 막상 고백을 받으니까 머리가 멍해지더니 다시 바로 돌아왔어. 서리가 그냥 한번 손잡으려고 한 것뿐인데 갑자기 이건 아니다 싶은 생각이 확 들더라고. 나는 걔랑 손잡고 안고 싶은 게 아니라 그냥 친구같이 지냈으면 좋겠다는 거. 걔랑 사귀면 좋은 동생 하나는 잃는 것 같다는. 물론 내 착각일지도 몰라. 아무리 착각이어도 좋아. 그래도 역시 사귀지 않는 편이 역시 낫겠어. 혹시라도 진지하게 만난다면 이별의 순간이 너무나도 힘들고 아플 것 같아서 싫어. 그러기에 걔는 너무 좋은 후배인 것 같아."

"그리고 당장 너만 해도 내가 걔랑 사귀면, 걔와 함께 있을 시간이 더 늘어나니 당연하게 너와 같이 있는 시간이 적어질 거야. 그게 또 싫었어. 갑자기 뒤에 있는 네가 떠오르더라고. 걔와 함께 있는 것보다 너랑 함께 있는 게 내게 더 힘이 되고 즐거운 것 같아. 넌 나를 배려해 준다는 게 정말 잘 느껴지고, 항상 진심으로 날 위해 행동하는데 말이야."

이렇게 소리가 속사포처럼 많은 말은 한 것은 처음이었다.

소리가 달라 보였다. 그리고 소리는 얼굴을 보고 있지 않았지만, 미세한 떨림과 잡은 손에 힘이 들어간 걸 느낄 수 있었다. 괜히 울먹해졌다. 세상에나, 나만 소리를 좋아한 게 아니었구나. 소리도 이렇게 나를 든든하고 좋은 친구로 생각해 주고 있구나 싶어 고마웠다.

소리는 한참을 이야기 더 한 후에야 오늘 내가 이상하지 않았냐며 이야기 들어줘서 고맙다고 했다.

난 말했다.

"난 좋아. 소리에 대해 많은 걸 알 수 있어서 오히려 기쁘니까, 걱정하지 말고 전부 말해 줘. 우린 친구잖아!"

"정말, 너란 애는……. 이번 기회에 다시 깨닫게 된 게 있어. 역시 나랑 연애는 맞지 않는다고. 너랑 있는 게 더 편한 거 같다. 여러 사람이랑 어울리는 걸 힘들어 하는 걸 보고 아싸라고 하는 건 아는데, 나도 그런가 보다. 음, 음! 정리하자면 그냥 친구인 네가 더 좋다고. 그 무엇보다. 내가 이런 말을 자주 안 하잖아. 진심이라는 뜻이야. 그러니까 나랑 친구해 줘서 고맙다고. 늘 나는 까칠했는데, 너는 진심을 담아 잘해 줬거든. 너여서 다행이란 생각이 들어."

"고맙기는! 됐어. 나중에 버블티나 한 잔 사줘."

"오케이 콜~"


다음날 소리는 부끄러운 목소리로 말했다. 어제 일은 흑역사라고, 하지만 나는 그렇게 생각하지 않는다. 소리 또한 마음의 소리를 듣는 좋은 경험을 했고, 나는 엄청나게 소중한 친구를 확인하게 된 날이었다. 소리가 연애를 비롯해 여러 이야기들을 해줘서 속이 후련했다. 우리가 좋아하는 버블티 만큼이나 마음도 시원해지는 그런 날이었다.


*싱그러웠던 우리의 초록빛 여름*
*꼭 맞잡은 두 손, 미소 지은 두 사람.*
*우리의 여름은 그 무엇보다 더 소중해.*

서로를 존중하고 이해하며 함께 있자.

잘 가, 우리의 고민들.
함께라면 해결할 수 있어
너와 나는 서로의 해결사!

# 후기

한 번쯤은 내가 쓴 글을 다른 사람들 앞에 공개적으로 보여주고 싶다고 생각했습니다. 그게 너무 멋져 보이고, 근사해 보였습니다. 그래서 기회가 있다면 꼭 체험해 봐야겠다고 속으로만 다짐했습니다. 하지만 막상 기회가 오고 나니, 무엇보다 창피하다는 생각과 무엇을 써야 할지 막막했습니다. 나 스스로 나를 잘 모르고, 글을 어떻게 써야 하는지 모르면서 독자가 있는 글을 쓸 자격이 있을까? 걱정이 되지만 이왕 잡은 기회를 흘려보내는 것만큼 어리석은 일은 없다고 생각하여 글을 썼습니다. 사실 작년에도 책쓰기반에 참여하며 쓸 기회는 있었지만, 게으름 탓에 놓치고 말았습니다. 끝까지 완성해 내는 선배와 친구들을 보면서 반성을 했습니다. 제 가장 큰 단점은 게으르다는 것입니다. 알면서도 잘 고치지 않는 미련한 사람이지만 이번 기회를 통해 조금씩 성장해 보려고 합니다. 조금 더 부지런해지기로 했습니다. 누구나 그렇듯 처음은 항상 오기 마련입니다. 이번 글쓰기는 처음이라서 굉장히 많이 부족합니다. 그래도 이렇게 한 걸음 내딛은 저를 스스로 칭찬하며 제 글을 읽어 주셔서 감사합니다.

# 어둠을 밝히는 방법

Enjoy Writing Books

3학년 이예지

저를
소개합니다

이예지

- **나이** : 16세
- **나의 오랜 꿈** : 아나운서
(이와 관련해서 책 읽을 때 큰 소리로 읽기, 방송부 들어가
기 등 하고 싶은 것들 해봄.)
- **나의 취미** : 음악듣기
- **나의 매력** : 꼼꼼하게 분석하는 것
- **좌우명** : 내가 하고 싶은 것을 다 이루자
- **지금 이 순간의 가장 큰 관심사** : 의학 관련 웹툰

**나는 ○○하게 성장 중이다.**

: 나는 뭐든지 열심히 하며 성장 중이다.

**나는 이런 어른이 되고 싶다.**

: 내가 하고 싶은 일을 직업으로 가지고 최선을 다하면서도
즐기며 일하는 성실하고 행복한 어른이 되고 싶다.

# #1. 평범한 학교 생활

'딩동댕동'

종이 울리자 학생들의 정적이 교실을 가득 메웠다. 바로 그때 그 정적을 깬 건 바로 나였다.

"여러분, 전학생이 왔어요. 인사해, 아름아."

"안녕, 얘들아. 나는 재천중학교에서 전학 온 최아름이라고 해. 잘 부탁해."

친구들은 박수로 날 맞이해 주었다. 그리고 선생님은 저기 뒷자리에 있는 여학생 옆에 앉으라 했다. 조례는 짧았다.

"자, 오늘 아침 조례는 이것으로 마치겠다. 다들 1교시 준비하도록."

새로 전학을 와서 그런지 친구들의 관심은 다 나에게로 쏠려 있었다. 다른 반 아이들도 막 구경하러 왔다. 그중 내 짝꿍인 여자애가 먼저 다가와 말을 걸었다.

"안녕, 나는 정은비라고 해. 만나서 반가워."

"아. 안녕! 반가워."

너무 적극적인 친구라서 살짝 당황했다.

"다음 교시는 수학인데……. 맞다, 너 책 없지? 너랑 나랑 짝꿍이니까 내가 보여줄게."

은비는 친절한 목소리로 이야기하였다.

"응. 고마워."

짝을 잘 만난 것 같았다. 이후로 은비는 나에게 말을 많이 걸었고 점점 친해지는 것 같았다. 수업 시간 시작하기 10분 전까지 시간가는 줄 모르고 이것저것 이야기했다. 이야기해 보니 좋은 친구 같기도 했다.

종이 치자 친구들은 모두 자리에 앉았고 금세 떠들썩했던 분위기는 다시 조용해졌다. 그리고 수학선생님으로 보이는 선생님이 들어왔다.

"자, 오늘은 저번에 못했던 수학문제 풀이를 마저 할 것이다. 다들 27쪽 9번 문제 보렴. 이건 제법 고난도 문제인데 이 문제 앞에 나와서 풀어볼 사람?"

선생님이 질문하자 친구들은 서로 눈치를 보기 시작했다. 마침 풀 친구도 없는 것 같고, 내가 아는 문제여서 자신 있게 손을 번쩍 들었다. 선생님은 칠판 앞으로 나오라고 하였다.

"오, 그래 저기 손든 학생 나와 봐. 처음 보는 얼굴이구나."

선생님은 은근 기대하는 눈빛으로 날 쳐다봤다. 그리고 나는 아는 문제여서 막힘없이 칠판에 풀기 시작했고 선생님과 친구들은 놀란 눈빛으로 날 쳐다보았다. 조금 당황스럽기는 했지만 은근 기분이 좋았다. 그리고 나는 문제를 설명하기 시작했다.

"자, 이건 이렇게 돼서, 이걸 제곱하면……."

내가 말로 설명하기 시작하자 친구들과 선생님은 집중해서 나의 풀이를 듣기 시작하였다.

"박수! 어려운 문제인데 전학생이 잘 풀어줬네요. 아주 기대가 많이 되는 학생이네. 수고 했어."

친구들은 모두 박수를 쳐주었다. 그리고 내 짝꿍 은비는 내가 자리로 들어가자 속삭였다.

"너 공부 되게 잘하구나. 역시 넌 얼굴부터 첫 느낌이 공부 잘하게 생겼더라."

은비는 속삭이며 나한테 칭찬을 해주었다.

"하. 하. 고마워."

나는 좀 부담스러웠지만 기분은 좋았다. 물론 입 꼬리는 거짓말을 못하겠는지 쓰윽 올라갔지만 말이다.

수학시간이 끝나자 은비는 나에게 매점을 가자고 하였고 나는 마침 단것이 당겨서 흔쾌히 수락했다.

매점은 사람들로 북적였고 나와 은비는 겨우 원하는 과자를 골라서 자리를 잡았다. 그리고는 아침시간에 못했던 수다를 마저 떨었다. 은비와 여러 이야기를 해보니 은근 은비와 잘 맞는다는 것도 깨달았다. 새로운 학교에서의 첫날이라 걱정했는데 안도감이 들었다.

점심시간, 은비 말고도 다른 친구들이 내 자리로 와서 여러 이야기들을 하였다. 다들 나를 칭찬해 줬다.

"와. 너는 얼굴도 예쁘고 공부도 잘하고, 착할 것 같고. 못하는 게 뭐야?"

"하하. 고마워."

기분은 좋았지만 살짝 아니 제법 부담스럽기도 했다. 난 완벽하지 않은걸.

수업이 끝난 후 친구들은 같이 분식집에 가자고 했다. 나는 방과 후에는 시간도 없었고 사실 먹는 것에 돈쓰기 아깝다고 생각해서 거절했다. 같이 가자던 친구들은 조금 아쉬운 표정이었지만 뭐 내가 별로 내키지 않는 것에 이런 용돈을 쓰는 거보단 나은 것 같았다. 그리고 난 곧장 내 집으로 왔다. 첫날의 학교는 이렇게 평온했다. 다행스럽게도.

# #2. 어둠 속 빛을 찾아서

"엄마……. 왜 불이 켜져 있어?"

나는 불이 환하게 켜져 있어서 나도 모르게 잠에서 깼다. 엄마는 식탁에서 무언가 하고 있었다. 나는 뭔지 보기 위해서 더 가까이 다가갔다.

"엄마, 뭐해?"

내가 묻자 엄마는 놀랐는지 무언가 읽고 있는 걸 숨겼다.

"아무것도 아니야."

나는 궁금했지만 더 이상 묻지 않았다.

지금 사실 나는 엄마밖에 없다. 3년 전까지는 나도 아빠가 있었지만 갑자기 아빠가 사라졌다. 도대체 무슨 일이 있었던 건지 아직도 모른다. 아빠가 돌아가신 것도 아니다. 그래서 아빠가 사라진 건 나한테 너무 충격적이었다. 나는 버틸 수 없었다. 나는 그냥 아빠를 좋아하던 평범한 소녀였으니까.

나는 항상 학교 다니면서 힘든 점이나 슬픈 일이 있을 때, 그럴 때마다 엄마 말고 아빠한테 이야기했었다. 왜냐하면 우리엄마는 원래 계약직으로 일하는 회사원이고 아빠는 자영업을 하는데 아빠가 엄마보다 조금 더 시간이 자유로워서 나와 함께 있어 줄 시간이 많았기 때문이다. 그래서 난 어려서부터 아빠에게 더욱 의지하고 아빠를 더 따랐다. 그리고 아빠는 항상 버팀목이 되어주었다. 그런데 어느 날 늦은 밤 우리 집 현관문이 닫히는 소리가 들렸다. 나는 잠결에 들은 것이어서, 그때는 몰랐다. 그냥 문소리였는데…… 그 소리가 아빠가 집을 떠나는 소리인 것을. 그때 내가 일어나서 말렸더라면 지금쯤 내 곁엔 아빠가 있었을까? 그리고 아빠는 유유히 사라졌다. 나를 버리고.

엄마는 아빠가 사라진 후 표정이 좋지 않았다. 나와 같이 엄청 충격 받은 모습이었다. 그리고는 내가 알까봐 아무 일도 없듯이 행동했다. 그런 엄마가 너무 안쓰러웠다. 그리고 난 아무것도 묻지 않고 조용히 있었다. 아마 여기서 아빠 이야기를 꺼낸다면 엄마는 더욱 상처를 많이 받을 것임을 알았기 때문이다.

아빠가 없어진 이후로 많은 것이 변화되었다. 원래 계약직 회사원 이었던 우리 엄마는 그것으로 우리 둘 그리고 외할머니댁까지 챙길 경제적 형편이 되지 않자 근무 계약이 끝난 후 나서는 여러 가지 일을 시작했다. 그래서 새벽 청소일부터 시작해 오후에는 다른 집 가사도우미 일까지 하게 되었다. 그래서 엄마를 보는 것은 드물었다. 하지만 엄마는 항상 나를 위해 적어도 반찬 하나와 밥은 아침마다 준비해 주셨다. 그래서 나는 엄마가 만들어준 밥을 먹고 이때까지 학교에 갈 수 있었다.

엄마는 늘 열심히인데, 나는 무엇도 열심히 할 수가 없었다. 그날 이후 학교에 갈 때면 아빠가 없어진 충격 때문일까 수업에 집중이 잘 안되었다. 그리고 다음 주에는 엎친 데 덮친 격으로 학교에서 학부모 참관수업이 있다고 하였다. 원래는 엄마와 아빠가 함께 와 주셨는데…… 그래서 내 모습을 지켜보셨는데 이제 와줄 사람이 없다. 엄마는 하루에도 몇 가지나 하는 일로 돈을 벌기 바빴기 때문이다.

참관 수업 당일. 나는 너무 쓸쓸했다. 다른 친구들은 다 엄마 아빠한테 달려가는데 나 혼자 교실에 앉아 있었다. 솔직히 난 아빠가 너무 원망스러웠다. 아빠 때문에 엄마가 더 힘들어지고, 생계도 안 좋아졌기 때문이다. 나는 정말 기댈 수 있는 사람이 필요했다. 정말 편하게 기댈 수 있는 그런 사람 말이다. 그리고 무엇보다 아빠가 우리를 떠난 이유도 궁금했다.

그로부터 내가 중학교 3학년 되던 해 밤낮없이 일하던 엄마는 몸이 안 좋아졌고, 어쩔 수 없이 하는 일도 줄이게 되었다. 그래서 더 이상 살던 집에 월세를 낼 수 없자, 훨씬 더 소박한 반 지하 생활을 시작했다. 그래서 나는 이곳 재천중학교로 전학을 오게 되었다.

아빠가 사라진 후 나는 중학생이 되었고, 중1 때부터 공부만 열심히 했다. 그래서 학교 시험 때마다 전교 1등을 놓친 적이 없었다. 그래도 거기에 만족하지 못하고, 나는 지금보다 더 잘하기 위해 열심히 공부했다. 엄마가 나를 위해 힘들게 일하는 만큼 더더욱 열심히 노력했다. 내가 악착같이 공부하는 이유는 앞으로 엄마에게는 상처 주지 말고 행복만 주고 싶었기 때문이다. 그리고 내가 할 수 있는 것은 공부밖에 없으니까, 내가 잘될 수 있는 건 공부밖에 없기 때문이다. 그래서일까 나는 다른 아이들이 흔하게 오는 공부 슬럼프는 오지 않았다고 생각했다. 조금씩 지치는 것을 나 스스로도 잘 모르고 있었다.

평소처럼 학교에 간 날. 학교에 가자 은비는 나를 반겼다. 그리고 은비는 이번 주말에 나와 놀이동산에 가자고 한다. 원래 같았으면 거절했겠지만 나도 모르게 가자고 대답했다. 나도 하루쯤은 놀고 싶어서…… 사실 친구들끼리 놀이공원 가는 것은 처음이었다. 낯선 놀이공원에 은비는 나를 잘 데리고 다녀줬고, 어떤 기구들이 재미있는지 또 시시한지도 알려줬다. 나는 오랜만에 내가 가진 용돈을 다 쓰면서 너무 재밌게 놀았다. 오랜만의 일탈처럼 느껴졌고, 너무 좋았다. 그런데 문제는 한번 노는 것에 빠지다 보니 더 많이 놀고 싶어졌다. 놀이공원도 자꾸만 생각났고, 뭐가 재미있을까를 생각하며 공부는 점점 뒷전으로 미루게 되었다.

# #3. 진정한 친구일까

"엄마, 나 은비랑 놀러가게 20,000원만 줘."

나는 엄마한테 처음으로 돈을 달라 하였다. 엄마는 내가 갑자기 제법 큰돈을 달라 하니까 당황하는 눈치였다. 우리 형편에 나도 돈을 아껴 써야 하는 것도 알고 엄마가 돈 힘들게 버는 것도 아는데 놀 생각에 빠져 판단이 잘 되지 않았다. 엄마는 그래도 나한테 20,000원을 꼭 쥐어줬다.

나는 놀이동산을 가고 나서 은비랑 더욱 친해졌다. 다른 친구들보다 은비랑 지내는 시간이 많아지고 이야기도 거의 은비 랑만 했다. 은비는 활발하면서도 친구들도 두루두루 사귀는 그야말로 인싸 친구다. 그래서 반대로 생각하면 은비가 다른 친구들이랑 있을 때 나는 거의 혼자였다.

은비는 나랑 친해져서 좋다며 우리 집에서 놀자고 하며 은비네 집에 초대받았다. 나는 반쯤 설레는 마음으로 들어갔다.

'우와'

나는 들어오자마자 감탄했다. 지금 우리 집이랑 너무 달랐다. 거실 입구부터 화려하고 아름답게 꾸며져 있고 방마다 개인 테라

스까지 딸려 있었다. 나도 이렇게 좋은 집에서 살고 싶었다. 그리고 은비네는 일하는 도우미 아주머니도 계셨는데 은비 친구 반갑다며 음식을 만들어줬다. 나는 반 지하 단칸방에 있다가 이런 집을 보니 너무 비교되는 느낌이었다. 괜히 어깨가 쭈욱 한없이 내려가는 기분이었다.

은비는 나랑 맛있는 걸 먹으면서 이야기했다. 다음에는 우리 집도 한번 가 보자고 하였다. 나는 그 말을 들은 순간 당황하였다. 만약 은비가 우리 집에 온다면 나를 놀리지 않을까? 나에 대해 좀 안 좋게 생각하진 않을까? 라는 부끄러운 생각이 들었다. 멍한 상태로 갑자기 큰 소리로 안 돼! 라고 하자, 깜짝 놀란 은비는 왜 그러냐고 물었다. 급하게 수습하면서 나는 스스로가 초라했다. 엄마도 아빠도 원망했다. 나는 왜 이러냐고...

내가 안 된다고 말하며 멍해져 있으니까 은비도 당황했는지 왜 그러냐고 말해 보라고 했다. 그래서 부끄럽지만 난 내 상황을 말하고 속 시원하게 있고 싶었다. 친구사이에 숨기는 게 더 이상했다. 나에게는 의지할 친구가 필요했다. 그래서 난 순간적으로 다 말하게 되었다. 나는 원래 다른 동네에서 학원도 많이 다니고, 재미있고 평범하게 살았는데 아빠랑 헤어졌다. 아빠가 집은 떠나셨고 엄마랑 둘이서 살고 있다. 그리고 지금 집안 형편이 많이 안 좋다. 이런 사실들을 말이다. 나는 오랜만에 나의 속마음을 시원하게 말한 탓일까 나는 너무 상쾌했다. 하지만 내 이야기를 들은 은비는 알게 모르게 표정이 살짝 굳어 있었다. 그리고 은비는 이렇게 말했다.

"아. 많이 힘들었구나. 그럴 수도 있지……."

그리고 나서 난 내 힘든 감정들을 이야기했다. 나의 비밀들을 너무 몽땅 말한 것 같아서 살짝 불안하기도 했지만 한편으로는 기분이 좋았다. 오랜만에 이렇게 맘을 털어놓을 사람을 찾았기 때문이다. 내가 이렇게 말을 할 수 있었던 이유는 은비를 그만큼 많이 믿고 있기 때문이었다. 그리고 은비도 나에게 고민을 털어놓았다. 물론 나보다는 작은 사소한 고민이었지만 말이다. 그리고 우린 한 발짝 더 친해진 것 같았다.

난 은비랑 같이 저녁을 먹고 집으로 갔다. 집으로 들어가니 한 10시쯤 되었다. 나는 항상 10시 이전에는 들어왔지만 처음으로 늦게 와봤다. 그리고 엄마는 걱정된 눈빛으로 말했다.

"왜 이렇게 늦게 들어왔어. 걱정했잖니, 밥은 먹었고?"

나는 엄마한테 대충 말했다.

"아, 늦게 들어올 수도 있지. 밥은 안차려도 돼."

나는 왠지 엄마랑 이야기하기도 싫고 막 짜증이 났다. 그리고 엄마한테 처음으로 화도 냈다. 너무나 작은 내 방의 문을 쾅 닫고 들어가자 조금의 죄책감은 들었지만 내 마음대로 내 감정을 추스르지 못했다. 그냥 문을 잠갔다. 나는 한숨이 나왔다. 우리 집에 오니 내가 다녀온 은비네 집과 너무 비교되었다. 집크기도 내 방도, 무엇보다 엄마 아빠가 다 있다는 것도. 나도 은비처럼 돈 걱정 없이 힘든 생각 없이 행복하게 살고 싶었다. 나는 그런 마음에 어느 순간 공부를 열심히 해서 성공해야 된다는 생각이 들었다. 그래서 책을 펴고 펜을 들었지만 집중도 안 된다. 원래는 책상에 앉으면 열심히 바로 시작할 수 있었던 공부인데 아무것도 안 됐다. 어디서부터 잘못된 것일까. 나는 너무 답답한 마음에 조용히 울음이 터졌다. 막 너무 가슴이 막혀왔고 숨이 잘 안 쉬어졌다. 울어도 소용없다는 것도 안다. 그래도 눈물이 났다.

어젯밤 한바탕 울고 나니 눈이 팅팅 부어 있었다. 평소처럼 엄마가 해준 아침밥을 먹고 학교에 갔다. 학교에 가니 은비가 있었고 나는 은비에게 달려가 인사를 했다. 은비도 나를 반겨주었다. 그리고 나도 모르게 은비에게 내 모든 것을 말한 이후 더욱 은비를 의지하고 있었다.

은비는 내 든든한 친구니까.

# #4. 다시 찾아온 어둠

다음날, 은비는 아침에 전화가 왔다.

"아름아, 나 오늘 학교 일찍 왔는데 준비물 손걸레를 안 들고 왔는데 네가 좀 같이 가지고 와 줄 수 있어?"

"응. 당연하지."

그리고 나는 은비 것과 내 것을 같이 챙기고 학교에 갔다. 학교에 도착해 은비에게 준비물을 주니까 은비는 고맙다고 하였다. 나도 뭔가 은비에게 도움이 될 수 있어서 좋았다.

잠시 후, 선생님이 들어왔다.

"자 오늘은 동아리 뽑는 날이다. 각자 하고 싶은 동아리 선택해라. 경쟁이 세면 제비뽑기나 가위바위보로 결정한다."

나는 평소 토론에 관심이 많아 토론동아리에 들어가고 싶었다. 하지만 은비는 나랑 같이 만들기 동아리에 들어가자고 하였다. 나는 만들기를 별로 안 좋아한다고 이야기했지만 은비는 계속 같이 해달라고 했다. 나는 토론동아리를 하고 싶었지만 포기하고 결국 만들기 동아리에 들어갔다. 다 고르고 나니 선생님이 각자 동아리 교실을 알려주셨다. 화장실을 급히 갔다온 나는 은비랑 같이 갈려고 기다렸는데 저 앞에서 은비는 벌써 다른 친구를 만나서 가고 있었다.

'이럴 거면 왜 같이 만들기 동아리하자 했지?'

속으로 이렇게 생각하며 나는 기분이 좀 나빴다. 그냥 토론동아리 들어갈걸. 후회하는 첫 순간이었다.

동아리 교실에 들어오니 은비는 이미 다른 친구와 앉아 있었고 나한테 빨리 뒷자리에 앉으라 했다. 은비는 앞에 그 친구랑 같이 앉아 있었지만 나는 맨 뒷자리에 혼자 앉았다. 그리고는 은비는 계속 그 친구와 이야기했다. 나는 당황스럽기도 했고 혼자 앉아 있는 내 모습이 너무 불편했다. 만약 토론동아리에 들어갔다면 혼자라도 재밌었을 텐데. 난 만들기는 별로 안 좋아하는데.

동아리 수업이 끝나고 나서도 나는 혼자 교실로 돌아왔다. 제일 먼저 교실에 오니까 친구들이 한 명씩 들어왔다. 은비도 말이다. 그리고는 서로 아무 말이 없었다. 어느 정도 다 모이니까 선생님이 종례를 하셨다.

"얘들아, 곧 시험 기간인 거 알지? 요번에 퍼센트 크게 들어가 니까 열심히 공부해라. 여기 시험범위 붙여 두었다."

아차, 그러고 보니 시험이 얼마 안 남아 있었다. 요즘에 너무 논 다고 험에 대한 생각을 안 하고 있었다. 나는 이제부터라도 정신 차리고 공부해야겠다.

요 며칠 - 은비는 요즘 나 말고 다른 친구들이랑 더 다닌다. 그 리고 이야기도 별로 안 한다. 나는 혼자인 게 어색해서 떨치려고 노력했다. 마침 시험기간이니까 마음을 다잡고 열심히 공부하려 고 했다. 예전만큼 눈에는 안 들어왔지만 노력했다. 그런데 은비 기 갑자기 나타났다. 그리고 공부하지 말고 자기랑 이야기하자고 한다. 반갑기도 했지만 한편으로는 자기 필요할 때만 찾는 느낌이 었다. 하지만 그냥 기분 탓인가 생각하는데

"아름아, 오늘 학교 마치면 같이 떡볶이 먹으러 갈래?"

"아, 나 역사 공부해야 하는데. 시험 얼마 안 남았잖아."

"야. 넌 한 거 아냐? 떡볶이 먹는 건 얼마 안 걸리잖아."

나는 할 수 없이 같이 간다고 했다.

학교 수업이 모두 끝나고 은비랑 내가 같이 학교를 나섰다. 오 랜만에 함께 나가는 길이었다. 그런데 은비랑 친한 친구들. 나랑은 그닥 친하지 않은 애들이 우리에게 다가 오더니 은비랑 쇼핑을 가 자고 한다. 나는 그때 당연히 은비가 나랑 먼저 선약이 있다고 말 할 줄 알았다. 그런데 은비가 같이 가자고 하는 것이다. 나는 당황 했지만 은비에게 나랑 먼저 약속하지 않았냐며 물어봤다.

"야, 너 나랑 먼저 약속했잖아. 떡볶이 먹으러 가는 길이잖아."

"아, 미안. 나 선약 있는 거 까먹고 너한테 말한 거야."

"아니, 그럼 말을 하지 말던가……."

"야, 까먹을 수도 있지 그거 가지고 왜 화를 내."

은비는 오히려 적반하장이었다. 쇼핑이 선약이라는 건 뻔한 거짓말이었다. 나는 이때까지 서운했던 게 폭발했다. 솔직히 은비는 나를 친구가 아닌 하인 정도로 취급했던 게 아닐까 싶기도 했다. 그 자리에서 나와 은비는 심하게 말싸움을 했다.

집으로 돌아왔지만 머릿속이 복잡해졌다. 그리고 한편으로는 걱정이 됐다. 혹시라도 은비가 내 어둠을 친구들한테 이야기하진 않을까 하고 말이다. 너무 답답하고 화가 나서 울음이 났다. 서러웠다. 엄마한테 고민을 이야기할까 했지만 엄마가 걱정할까봐 이야기하지도 못하겠다.

다음날. 학교로 가서 내 자리에 앉았다. 옆에는 은비친구들과 은비가 있었다. 근데 분위기가 뭔가 이상하다. 그 아이들은 날 쏘아보고 있었고 옆에서 막 속닥거리고 있었다. 아니 속닥이 아니라 나한테 들릴 정도였다. 은비가 결국 내 어둠을 말한 것 같았다. 나는 순간 머리가 하얗게 변했다. 내가 불안해했던 것이 실제로 일어난 것이다.

"야, 쟤 아빠 도망갔다며."

"그리고 쟤 엄청 가난하대. 반 지하에 살고 말이야."

"돈 없어서 우리랑 못 노는 거 아냐?"

이 말을 들은 순간 내 몸은 굳었고 빨리 이 자리를 벗어나고 싶었다. 그리고 난 화장실로 뛰쳐나갔다. 막 속이 울렁거리고 참을 수가 없었다. 결국 난 조퇴했다. 엄마는 걱정했는지 나한테 전화를 했다. 무슨 일이냐고, 어디가 아프냐고, 괜찮으냐고 물어보는데……. 너무 속상해서 이야기할 수가 없었다.

# #5. 어둠을 밝히는 법

나는 집에 도착하자마자 엄청 울었다. 너무 속상했다. 내가 도대체 뭘 잘못했는지 모르겠다. 울고 있었는데 현관문이 열리는 소리가 나더니 엄마가 들어왔다. 엄마는 내가 울고 있는 모습을 보자 나를 말없이 꼭 안아주었다. 나는 엄마가 안아주자 더욱 눈물이 나왔다. 내가 마치 어린아이가 된 것 같았다. 그리고 내가 조금 진정되자 엄마는 나에게 무슨 일이 있었는지 말해 보라고 했다. 그래서 난 이때까지 학교에서의 일과 은비와의 일들을 다 이야기했다. 내가 은비에게 내가 숨기고 싶었던 사실들을 이야기한 것과 은비와 싸우게 된 이야기를. 엄마는 이야기를 다 듣고는 엄마가 미안하다고 우셨다. 난 엄마 잘못이 아니라고 이야기했다. 오히려 내가 자처한 일이었다. 내가 은비를 너무 믿었고, 그런 말을 하지 않았다면 있지도 않을 일이었다. 난 이제 어떻게 해야 하냐고 물었다. 엄마는 나에게 차분하고 다정하게 이야기해 주었다.

"우리가 가난한 것은 결코 약점이 아니야. 숨길 것도 아니야. 그렇지만 네가 말하고 싶지 않다면 굳이 말하지 않아도 된단다. 엄마는 네가 이렇게 상처받는 걸 원하지 않아. 다음부터 힘든 건 엄마에게 말해 줘. 엄마는 너의 영원한 친구가 될게. 사람의 환경은 언제든 변할 수 있고, 그 사람의 경제력이나 환경을 보고 사람을 평가하는 건 올바르지 않아. 그걸 이해하지 못한다면 정말 친한 친구가 아닌 것 같아. 설사 지금 친하더라도 언젠가는 등을 돌릴 수 있어."

나는 엄마한테 정말 미안하다고 했다. 그리고 생각했던 것보다 우리 엄마는 정말 이야기를 잘 들어줬고, 정말 강했다. 그이후로 엄마와 나는 이때까지 못했던 이야기를 했다.

엄마는 갑자기 진지하게 날 바라보았다. 나한테 혹시 상처 안 받을 자신 있냐고 물어봤다. 난 아빠 이야기라는 것을 직감하고는 조용히 고개를 끄덕였다. 그러더니 엄마는 자리에서 일어나 서랍 쪽으로 갔다. 그리고 엄마는 서랍 깊은 곳에서 무언가를 꺼내더니 나에게 보여줬다.

쪽지에는 아빠 글씨체와 함께 이렇게 적혀 있었다.

- 사랑하는 당신과 아름이에게
안녕. 잘 지내고 있지. 이렇게 연락하게 되서 너무나 부끄럽고 미안해. 사실 나 아주 큰 빚이 있어. 열심히 사업해 보려고 나 혼자 해결하려고 노력해 봤는데 쉽지 않았어. 그래서 최근에는 사체업자에게 시달려 왔어. 당신이랑 아름이에게 피해가 될까봐

도망쳐 나왔어. 그리고 곧 돌아가려고 했어. 열심히 일해서 빚을 갚고 당당하게. 그런데 얼마 전 너무 아파서 병원에 갔는데 폐암이라더라. 이 사실을 이렇게밖에 못 알려줘서 미안해. 난 짐이 되기 싫어. 이걸 보고 있을 때쯤엔 아마 내가 없을 수도 있어. 정말 마지막까지 아빠로서의 도리, 남편으로서의 도리 못하고 가서 미안해. 정말 미안하고 사랑한다. 정말 사랑해.

아빠의 편지를 다니고 난 후에 엄마와 나는 조용히 서로를 쳐다봤다. 그리고 엄마가 먼저 입을 열었다,

"미안해. 너를 더 좋은 환경에서 키우지 못해서. 그렇지만 이건 아빠 탓도 아니야. 우리 같이 아빠 찾아보자. 혹시나 너무 꽁꽁 숨은 아빠를 찾지 못하거나 정말 생각하기 싫지만 아빠가 우리 곁을 떠나더라도, 우리 서로 잘해 보자. 최선을 다해 열심히 살아보자."

나는 고개를 끄덕였다. 그리고 엄마는 힘들다면 학교에 안 가도 된다고 하였다. 하지만 나는 괜찮았다. 엄마가 있기 때문이다. 엄마도 힘든 일로 고생하는데 나도 해볼 만큼 해봐야 하지 않을까.

다음 날 학교에 갔더니 은비 무리는 나를 여전히 무시하고 수근거렸다. 마음 아팠지만 꾹 참고 내가 할 것을 하는 게 최선이다 싶어 공부에 더욱 열중했다. 한 달 내내 공부에 열중한 결과 나는 전교 1등. 친구들은 물론 선생님도 날 인정해 주었다. 좋은 성적을 얻고 나니 저절로 내 곁에 오는 친구들도 있었고, 내가 학교에서 어느 정도 자리를 잡자 은비 무리는 이제 나를 더 이상 건드리

지 않았다. 아니 더 이상 건드릴 수 없었다.

1년 후, 나는 중학교 때 성적이 좋았기 때문에 영재고등학교에 들어갈 수 있었다. 그리고 입학 후에도 열심히 해서 국가 장학금까지 받게 되었다. 다행히 우리 엄마의 부담은 줄게 되고 기숙사 생활을 하고 있다.

나는 그 사건 이후로 더욱 단단해졌다. 그리고 아빠가 없다는 사실도 어느 정도 적응 아닌 적응을 하고 있다. 나에게는 엄마가 있으니까. 가끔 아빠가 원망스럽지만 아빠 탓을 해서는 안 된다고 생각한다. 아빠도 힘들었을 것이고, 앞으로 내 삶은 내가 만들어가야 하는 거니까.

내 삶에서 모든 것이 나아진 것은 아니고 아직 내 마음속에 상처는 있다. 하지만 상처의 흉터가 점점 희미해져가듯 내 마음도 점점 아물 것이다. 그리고 어느 순간 너무나 희미해져 잘 보이지 않고 더 이상 만져도 안 아픈 날이 오겠지. 나는 점점 커 가니까 말이다.

# 글을 마치며

✳

안녕하십니까.

이 소설의 글쓴이 이예지입니다. 이 글은 주인공이 어려운 집안 사정과 힘든 학교생활을 보내고 있지만 이것을 해결하려고 노력하고 성장하게 되는 이야기입니다. 제가 생각하기에는 너무 흔한 내용이어서 뭔가 부족하다는 생각도 듭니다. 하지만 누구나 쉽게 읽을 수는 있을 것 같아요. 힘든 환경에도 씩씩하게 커가는 주인공처럼 요즘 학교생활을 하면서 여러 가지 일들로 힘든 친구들도 이 글을 보면서 힘내라고 전해 주고 싶습니다.

사실 저는 책쓰기부 동아리에 들어오면서 처음으로 글을 쓰게 되었습니다. 처음 쓰다 보니 제목 쓰는 것도 어렵고 무슨 내용으로 글을 써야 하나 고민도 참 많이 했습니다. 또 글을 써 보니 너무 유치하다고 생각해서 글을 몇 번을 지웠다가 다시 쓰기를 반복했습니다. 하지만 이렇게 글을 완성하고 보니까 정말 뿌듯한 것 같습니다. 나중에는 이런 기회가 없을 수도 있기 때문에 이 기회는 저에게 천금 같았습니다. 일단 이 책을 쓸 수 있게 기회를 준 책쓰기부 동아리 선생님과 친구들에게 감사하다고 전하고 싶습니다. 친구들은 흑역사가 될 수도 있다고 말하기도 하고, 쓴 글을 안 내고 싶다고 하는 친구들도 있지만 이 또한 추억이라고 생각합니다.

아, 그리고 부족한 이 글을 읽어준 모든 분들께도 감사하다고 전하고 싶습니다.

# 우리의 열다섯,
## 열여섯 이야기

Enjoy Writing Books

3학년 양다혜

저를
소개합니다

## 양다혜

- **나이** : 16세
- **나의 오랜 꿈** : 언니 같은 사람이 되자.
- **나의 취미** : 클라이밍. 홈베이킹. 친구랑 산책하기
- **좌우명** : 지금까지 한 것이 아까우면 계속하는 것이 맞다.
- **지금 이 순간의 가장 큰 관심사** : 기말고사, 친구, 언니

### 나는 ○○하게 성장 중이다.

: 나는 충분히 사랑 받으며 성장 중이다.

### 나는 이런 어른이 되고 싶다.

: 나는 꿈을 꾸고, 그 꿈을 이루는 어른이 되고 싶다.

  (어른이 되어도 계속 노력하는 사람)

# 프롤로그_ 2학년의 시작

　개인적으로는 끔찍했던 1학년 생활이 끝나고 2학년이 되었다. 나는 2학년 시작과 함께 해방과 불안을 동시에 느꼈다. 나를 스스로 학대하고 가족까지 아프게 했던 시간은 이제 지나가고 좋은 날만 있기를 희망했다. 사실 나는 1학년 때 반에서 왕따 비슷한 걸 당했었다. 친구들과 어울리기가 너무 힘들었다. 그래서 좋지 않은 방법으로 그때의 상처를 잊으려고 했고, 그 방법은 더 좋지 않은 결과를 가져왔다. 다른 사람들이 말과 행동으로 나의 자존감을 낮췄고, 그것을 피하면서 나는 자꾸만 숨고 스스로에 상처를 남겼다. 지워지지도 않았고 잊으려 하면 생각났다. 그만큼 나는 괴로웠고 힘들었다. 1살 때부터 봤던 친구 덕분에 몇 명의 친구들이 생겼지만 자주 못 만나기 때문에 깊은 얘기를 나눌 수 있는 친구들은 아니었다. 내가 나의 상처를 얘기하면 그 친구들이 나를 이상하게 생각하고 떠날 거 같았다. 그래서 나에게 중학교 2학년은 다시 전처럼 돌아갈 수 있는 기회이자 새로운 도전이나 시작이었다.

※ 본문에 나오는 대부분의 친구들 이름은 실명을 사용해도 된다는 친구들의 허락을 받았으나, 개인정보 보호를 위해 일부만 작성했습니다. 혹시나 먼 훗날 이 글을 읽었을 때 잊었던 이름을 기억해 낼 수 있을 정도로요.

## 다시 만난 너 - 1호 ㅇㅅㅇ

내가 못 본 건지 학생들에게 공지가 늦어진 건지, 아무튼 나는 빠르지는 못한 학교 덕분에 개학 당일에 반 배정을 알았고 반 배정을 확인하고 작년과 달라지지 않을 것 같다는 불길한 느낌을 받았다. 초등학교 6학년 때 나의 잘못으로 사이가 틀어진 친구와 같은 반이 됐었다. 그 친구는 절대로 그럴 친구가 아니기는 하지만 나는 그 친구가 그때 얘기를 한다면 1학년과 다를 것 없는 2학년을 보내리라는 것을 알았다.

지금 생각해 보면 그 친구가 초등학교 6학년 때 우리 사이가 틀어진 일에 대해 말을 할 수도 있을 것이라고 그 친구를 의심한 것조차 잘못된 생각이었다. 무거운 발걸음으로 어렵게 반으로 들어

섰을 때 나는 충분히 긴장한 상태였고 미리 와 있는 애들의 시선이 무서웠다. 그 친구는 미리 와 있었고 혹시 그 친구가 이미 말하지는 않았을까 두려웠다. 같은 초등학교를 나와서 조금이라도 알고 있는 친구들이랑 어색하게 인사를 주고받았다. 애들이 작년 나의 일을 모르길 바랐다. 숨이 막히고 답답해서 금방이라도 집으로 달려가고 싶었다. 선생님께서 빨리 오신다면 2학년 생활과 행사에 대하여 설명 듣는다고 정신없어서 그 친구를 신경 쓸 겨를도 없었을 텐데 선생님께서 다른 반 선생님들보다 제일 늦게 오셨다. 나는 긴장을 풀고 싶어서 작년에 단짝 친구 덕분에 친해진 친구랑 아무 말이나 했었다. 얼마 뒤에 선생님께서 오셨고 안내를 받고 바로 하교했다. 집으로 돌아오고 나서 온 가지 생각이 다 들었다.

지금이라도 다시 그 친구한테 사과할까, 아니면 지금처럼 지낼까. 내 마음속에 진정으로 하고 싶은 건 사과였다. 사실 친구와 사이가 틀어졌을 때 사과 편지를 쓰고 전해 주려고 했었다. 그때 그 친구랑 친하고 왜 싸웠는지 아는 친구한테 이걸 줘도 될지 물어봤었지만, 나의 고민을 들었던 아이는 편지를 그 친구한테 주면 더 싫어할 거라고 하여서 편지를 버린 적이 있었다. 아직도 후회한다. 그냥 무시하고 내가 먼저 사과할걸.

걔는 그 친구가 아닌데 나는 왜 걔 말을 들었을까.


개학 이후에 그 친구와 같은 모둠이 됐었고 나는 모둠에서 거의 말을 하지 않았다. 꼭 반드시 말을 해야 할 때만 하고 가만히 있었다. 같은 모둠 애들은 벌써 친해지고 장난치고 농담하면서 놀았

179

지만 난 끼지 못했다. 시간이 흘렀지만 나는 그때 일이 내 잘못이라고 생각해서 그 친구에게 너무 미안해서 내가 끼지 않았다. 내 표정을 드러내기 싫고 애들이 내 표정을 보고 오해하는 게 싫어서 계속 마스크를 쓰고 다녔다. 그렇게 있는 듯 없는 듯 지내다가 스포츠 시간에 일이 터졌다. 2인 1조로 하는 스트레칭을 하게 되었는데 그 친구와 내가 한 조가 되었다. 내가 너무 뻣뻣해서 못하고 있는데 그 친구가 호탕하게 웃으면서 왜 이렇게 못하냐고 큰 소리로 말했었다. 나를 비난하는 게 아니라 그건 대화의 물꼬였다. 나는 처음으로 내가 뻣뻣한 게 고마웠다. 이 일 이후로 그 친구와 나는 조금씩 얘기를 나눌 수 있었다.

나는 그 친구한테 1학년 때 이야기를 했고 그 친구는 내 얘기를 하나하나 잘 들어주었고 진심으로 나를 위로해 줬다. 그 친구는 내가 힘든 일을 잊을 만큼 웃게 해줬고 내가 마스크를 벗고 당당해질 수 있게 해줬다.(물론 이때의 마스크는 코로나 전의 상황이다) 그 친구와 있으면 말이 끊이지 않았고 즐거웠다. 친구와 거의 매일 산책을 했다. 저녁이고 낮이고 할 것 없이 거의 온종일 그 친구와 있었다. 산책을 하면서 서로 속마음 얘기를 다했고 적어도 그 친구와 있을 때는 가족들과 있을 때 보다 솔직했다. 그 친구와 산책을 하면서 사진 찍는 기술이 늘었다. 그 친구 사진을 찍을 때마다 재밌고 귀여운 포즈 때문에 즐거웠고, 내가 찍어준 사진을 보고 기뻐하는 그 친구가 고마웠다.

2학년 마지막 날 친구에게 주려고 만든 것을 줬었다. 4절지에 그 친구가 좋아하는 것, 그 친구가 싫어하는 행동, 함께 재미있었던 일 등을 적은 종이를 줬었는데 친구도 정말 좋아했다. 나 또한 그걸 사진 찍어두고 지금까지 심심할 때마다 꺼내 본다. 3학년이 된 지금, 아쉽게도 다른 반이지만 아직도 우린 잘 지내고 있다.

# 든든한 내 편, 나의 큰 친구 - 2호 ㄱㅊㅇ

1학년 때 반에서 여자애들 몇 명한테 은근한 따돌림을 받고 있을 때 나를 도와준 친구가 있다. 그 친구는 우리 반 실장이었고 리더십이 있어 남학생 여학생 할 것 없이 두루두루 친했다. 그리고 나도 잘 챙겨줬다. 나는 이 친구가 너무 부러웠고 정말 고마웠다. 처음으로 당하는 따돌림에 어떻게 해야 할지 모르고 혼자 반에서 있을 때 같이 밥 먹어주고 내 옆에 있어 줬다. 내가 힘들 때면 나의 이야기를 계속 들어주기도 했다.

정말 다행스럽게 그 친구와 2학년 때 같은 반이 됐었다. 2학년이 끝나고 안 사실인데 그 친구는 1학년 초반에 나를 모른 척 하고 더 잘해 주지 못했던 것을 미안해했다. 나는 그 아이가 있어 정말 좋았는데 막상 본인은 내가 힘들 때 자신이 가장 위로가 되어 주었다는 것을 몰랐다. 그만큼 쿨하기도 하고 주위를 잘 챙기는 친구다.

이 친구는 성격이 밝고 남의 얘기를 잘 들어줬다. 하지만 자기가 힘든 건 잘 티 내지 못하고 속에 쌓아 두기만 했다. 사실은 2학년 때 성격 차이로 A라는 친구와 싸운 적이 있었다. 내가 A라는 친구와 싸운 지 얼마 되지 않고 다른 우리 반 친구들도 A친구와 싸웠다. A는 내가 의지했던 2호 친구에게도 잘못한 게 있었고, 섭섭한 게 많았을 텐데 A와 다투지도 않았고, 마음의 상처를 입은 다른 친구를 먼저 달래줬다. 늘 자기보다 남을 먼저 생각해 주는 친구였고 나보다 체격이 작았음에도 나보다 훨씬 더 큰 언니처럼 느껴지는 그런 친구였다. 나는 그 친구가 멋있어 보였고 그 친구에게 늘 미안했다.

나는 그 친구한테 내가 힘든 얘기만 털어놓았지 먼저 무슨 일 있냐고 묻지 않았었다. 아주 가끔(어쩌면 한 번?) 그 친구가 울면서 본인 이야기를 한 적이 있는데 그때는 나한테 자기 얘기를 해줘서 고마웠고, 내가 먼저 물어보지 않아서 미안했다. (사실 우리는 한창 예민할 때라서 눈물도 많다.)

그래서 얼마 전에 그 친구한테 편지를 썼다. 이번에 마지막 시험공부를 하면서 힘들지는 않은지, 그때 그 친구가 나에게 얼마나 도움이 됐었는지를 적었다. 편지를 받고 고마워하고 좋아하는 그 친구를 보니까 좋았다. 나도 그 친구를 위한 일을 했다는 게 기뻤다. 그 친구는 편지를 읽고 나한테 청포도 사탕을 줬다. 작은 것이지만 기쁘다. 편지를 써줘서 고맙다는 말과 함께. 그 친구와는 올해를 포함해서 알고 지낸 지 3년밖에 되지 않았지만, 그 친구와 있으면 편하고 즐겁다. 앞으로도 오래 오래 함께하고 싶은 친구다.

# 반전 매력의 소유자 - 3호 ㅈㅇㅇ

　개학 날 처음 봤을 때 첫인상이 굉장히 강했던 친구다. 첫인상은 무섭고 꼭 날라리 같았었다. 그래서 사실 마음속으로 저 친구랑은 별로 안 친해져야겠다. 찍히지 않아야지, 조용히 있어야지 했었다. 근데 그 친구와 친해지고 나니까 그 친구는 엄청 순한 친구였고 첫인상과는 완전 반대인 친구였다. 원래 반에서 그 친구와 같이 다니던 친구가 하루 학교를 안 나온 적이 있는데 그날 그 친구와 다니면서 조금 가까워졌다. 보기보다 말을 잘하고, 말이 많은 친구였다. 그 이후로도 우리는 반에서 계속 다녔고 반에서 제일 친해질 수 있었다. 내가 처음 본 느낌의 친구였고 낯선 만큼 새로웠다. 그 친구는 어떨 때는 동생같이, 어떨 때는 엄마 같은 친구였다.

　하루는 우리 반 여자애들이 여러 명이 운 날이 있었다. 어떤 친구는 가족 때문에 울었고 어떤 친구는 친구 관계 때문에 울고, 나는 동갑내기 사촌 때문에 울었었다.(앞서 말했듯 우린 눈물이 많다) 근데 그때 그 친구도 갑자기 울었다. 안아주면서 왜 우냐고 물었는데 그 친구가 친구들은 힘들어서 우는데 자기는 해줄 수 있는 게 없어서 미안해 울었다고 했다. 자기가 힘들어서 우는 친구들은 있어도 친구들이 힘들어서 울 때 자기가 해줄 수 있는 게 없어서 우는 친구는 처음 봤다. 그 친구는 그만큼 착했고 공감을 잘해 줬다. 공감능력이 정말 뛰어난 친구다.

3학년이 되고 전 세계적인 코로나 때문에 개학이 연기됐을 때 큰맘 먹고 그 친구와 만나 시지광장(우리 학교 주변 쇼핑가)에 가서 학용품 등을 이것저것 산 적이 있다. 그날 작년에 같은 반이었던 남자애들을 보고 그 친구 집 앞에서 얘기했다.

조금 오래돼서 나눈 대화가 또렷하게 기억나지는 않지만 앞으로 3학년이 어떨지에 대해 설레임과 걱정을 안고 이야기를 나눴었다. 그때 그 친구가 걱정하지 말라고 앞으로 좋은 일만 가득 많을 거라고 했다. 그때 그 말이 너무 좋아서 지금까지 기억하고 있다.

나는 그 친구한테는 미안하지만 사실 3학년이 되고 다른 반이 되면 그 친구와 전보다 사이가 멀어질 줄 알았다. 매력적인 친구라서 또 다른 친구들이 주변에 많이 생길 것 같아서. 하지만 같은 반이 아니어도 사이는 전과 같다. 며칠 전 원어민 선생님이랑 점심시간에 놀고 있을 때 그 친구도 왔었다. 그때 그 친구랑 얘기했는데 전혀 어색함이 없었고 매일 보는 친구처럼 즐거웠다.

그 친구와 공통점이 있다면 커피를 좋아하는 것이다. 나는 부모님이 커피를 마시지 말라고 하셔서 잘 마시지는 않지만, 그 친구는 커피도 잘 마시고 좋아한다. 요일은 다르지만, 바리스타 방과후 수업을 들어서 커피를 잘 안다. 바리스타 자격증 얘기, 커피맛 디저트 등 얘기하다 보면 시간이 금방 가버린다. 조금 더 크면 함께 커피 마시는 시간을 많이 가지고 싶다.

# 두근두근 예쁜 추억 속 – 4호 ㅇㅈㅎ

내가 2학년 때 좋아했던 친구가 있다. 성격이 장난스럽고 착한 말투와 재밌는 입담이 좋았다. 처음에 그 친구와 같은 조가 됐었는데 나는 그때 할 말만 하고 아무 말도 안 하고 있어서 그 친구와 친해질 만한 일이 없었다. 하지만 자리를 옮기고 나서 같은 짝이 되었고 그 후로 그 친구와 장난도 치고 엄청 친해졌었다. 처음에는 내가 그 친구를 좋아하는지 몰랐다. 근데 주말이 오는 게 아쉬웠고 학교에 있으면 시간이 너무 빨리 갔다. 이동 수업 때 자리를 옮겨 앉으면 계속 눈이 그 친구한테 갔던 것 같다. 그 친구는 운동을 잘했다. 특히 농구를 잘했는데 농구 얘기만 나오면 신나서 얘기하는 게 클라이밍 얘기만 나오면 신나서 나불나불 얘기하는 나 같았다.

하루는 그 친구랑 내가 내기를 했었는데, 내가 내기에 이겼었다. 내기에 이기면 소원을 들어주기로 했었다. 마땅히 소원으로 할 게 없어서 유치하지만 좋아하는 사람을 알려 달라 했다. 지금 생각하면 되게 뜬금없었던 것 같다. 그 친구는 당황했고 조금 뒤에 정말로 알려줬다. 사실은 알려주는 과정이 길었다. 포스트잇에는 그 친구가 좋아하는 친구가 나를 포함해 3명의 이름이 적혀 있었다. 다른 친구들 이름은 보이지 않았고 나는 내 이름이 적혀 있는 게 좋았고 어안이 벙벙했다. 거의 1년 동안 나름 짝사랑(?)하고 있있는데 그 친구가 좋아하는 사람 중에 내가 있는 게 기쁘고 고마웠다. 그 이후로 그 친구가 나를 대하는 태도가 달라졌다. 나빠지거나 어색해지진 않았고 그냥 조심스러워졌다. 그래도 나는 그 친구를 대하는 게 달라지지 않았다. 속에서는 난리가 났지만 겉으로는 티를 내지 않았다.

며칠 뒤 체육 시간 전 쉬는 시간 그 친구가 기분이 안 좋아 보여 왜 그러냐고 물었는데 그냥 씹고 갔었다. 솔직히 그때 내 기분도 상했었다. 체육 시간이 끝나고도 그 친구가 여전히 똥 씹은 표정으로 자리에 앉아서 엎드려 있어 가서 뭔 일 있냐고 물었는데 또 씹혔다. 계속 아무 말이 없는 게 이상해서 보니까 그 친구는 울고 있었다. 조금 뒤에 안 사실인데 그 친구가 운 이유는 자기는 나를 좋아하지만 나는 자기를 안 좋아하는 것 같아서 울었다고 한다. 하하하- 지금 생각하니 추억이다. 약간의 썸이 있었고 그 친구는 폰이 없는 나 때문에 학교에서 고백을 했다. 지나가던 다른 반 애들도 알게 되고 우리 반 모른 애들이 알게 됐다. 처음에는 반에서 고백을 받아서 당황스럽고 놀랐지만 나는 며칠 뒤에 고백을 받아줬다.
학교에서 시험이 다 끝나고 무서운 영화를 봤다. 나는 무서운 영화를 못 보기 때문에 보기 전부터 보기 싫다고 찡찡거렸다. 무서운 장면에서는 내가 영화를 못 보게 가려주기도 했다. 나의 연애사를 적기는 부끄럽지만 참 좋은 친구이기에 이렇게 적을 수도 있다. 나만 보면 웃어주고 나를 좋아해 주는 게 느껴지는 시간이었다. 하지만 나는 방목형(친구 같은 연애, 자유로운 연애)이었지만 그 친구는 아니었다. 만나는 스타일이 달라서 사실 우리는 한 달을 조금 넘기고 헤어졌다. 헤어지면 시원할 줄 알았는데 계속 그 친구가 맘에 걸렸고, 나로 인해 중2들이 많이 겪는 우울증이 많이 나아졌다는 얘기를 듣고 나서는 고맙기도 하고 미안하기도 했다.

나는 그 친구와 헤어지고 나서 그 친구가 나오는 꿈을 많이 꿨다. 한 6번 정도 꿨는데 다 그 친구와 사귀는 꿈이었다. 헤어진 지 얼마 되지 않았을 때는 다른 친구들이랑 같이 만나서 놀고 했었지만, 지금은 사실 인사도 못하고 지내고 있다. 나는 그 친구랑 친했고 사귀었을 때를 생각하면 돌아가고 싶기도 하다. 학교에서 마주치면 나도 모르게 눈을 깔고 지나가게 되고 말도 못 하겠다. 나의 방식 때문에 결코 쿨하게 헤어진 게 아니고, 그 친구에게는 나쁜 기억일 수도 있는데 난 사귈 때를 생각하면 할수록 그 친구가 좋아진다. 어른들 눈에는 그저 웃기고 유치하고 단순한 중딩들의 연애지만 우리는 진지했다.

## 그야말로 쿨한 남사친 - 5호 ㄱㄷㅁ

초등학교 6학년 때 친하게 지낸 남자애가 있었다. 같은 중학교에 올라왔지만, 막상 중학생이 되어서는 간간이 인사만 하고 지냈을 뿐 전처럼 같이 만나서 놀거나 하지는 않았다. 근데 그 친구와 작년에 같은 반이 됐었다. 내가 다른 친구와 친해지고 나서 그 친구와 자연스럽게 다시 친해졌다. 그 친구는 여전히 조금은 이상한 성격을 갖고 있었고 장난스러우면서도 착했다. 제일 만만해서 고민이 있을 때 쉽게 불러서 고민을 말했었다. 이제는 그래도 컸다고 진지하게 고민도 들어주는 그 친구가 낯설게 느껴지고 고마웠다. 작은 고민도 진지하게 들어주고 그때만큼은 장난을 치지 않았다. 초등학교 때와 그 친구가 달라진 게 있다면 키가 많이 컸다. 원래는 나보다 작았던 놈이 이제는 나보다 훨 키가 크다. 학교가 마치면 수시로 여자애들 몇 명, 남자애들 몇 명이 다 같이 그 친구 집으로 가서 놀았다. 왕게임을 주로 했었는데 왕게임을 하면서 그 친구에게 여자 친구가 생겼었다. 여자 친구가 있을 때는 장난치고 놀리고 했으면서 여자 친구가 없으면 맨날 고민을 털어놓았다. 그 친구의 여자 친구와 내가 친해서 셋이서 그 친구의 여자 친구를 집에 데려다주고 집 가는 길에 맨날 여자 친구가 너무 좋은데 막상 보면 표현을 못하겠다 별 오버는 다했다. 그래도 그 친구가 그렇게 진지한 건 처음이라서 나도 진지하게 들어줬던 것 같다.

# 글을 마치며

✿

    3학년이 되고 동아리를 정할 때 우린 특이하게도 친구들이랑 동아리 이름이 가장 짧은 동아리를 하자고 해서 책쓰기 동아리에 들어왔다. 안타깝게도 친구들은 다 다른 동아리에 들어가서 같이 못 하고 있지만 그래도 나 혼자 책쓰기 동아리에 들어온 걸 후회하지 않는다. 처음 사서 선생님께서 혹시라도 간혹 원치 않아 동아리에 들어온 경우도 있기 때문에 모든 친구들의 의견을 반영하겠다고, 책은 진정 쓰고 싶은 사람이 써야 한다고 책을 쓸 건지 마음 편하게 대답해도 된다고 물어보셨을 때 고민됐다. 3학년인 만큼 시험이 중요했기 때문에 시험공부에 방해가 되진 않을지, 내가 제때 써서 제출할 수 있을지가 걱정됐다. 하지만 내가 글 쓰는 걸 좋아하고 이런 경험도 해보고 싶어서 선생님께 하겠다고 했다. 선생님도 잘 쓸 수 있을 것이라고, 너의 솔직한 생각과 이야기를 기록하면 된다고 환영한다고 해주셨다. 작년에 이미 한 번 해봤던 내 친구가 막상 시작하고서는 우왕좌왕하는 걸 봐서 내가 제때 쓰고 잘 쓸 수 있을지 걱정이었지만 말이다.

동아리 첫날. 우리의 주제를 정하는 시간. 사실 나는 되게 막막했다. '성장'이라는 큰 범위 안에서 흔하지 않고 내 얘기를 잘 담아낼 수 있는 글을 쓰고 싶었다. 그래서 정한 주제가 2학년부터 지금까지의 내 얘기를 담은 친구 얘기이다. 9년 동안 학교에 다니면서 가장 행복했던 학년이 작년이었기 때문에 작년 같은 반 친구들의 이야기를 쓰기로 했다. 주제를 정하고 초고를 쓰는데 많은 일이 머릿속을 스쳐 지나갔다. 반에서 재밌게 놀았던 일, 친구들의 연애, 친구들과 싸웠던 일 등 뭐부터 써야 할지 막막했다. 천천히 초고를 짜고 친구들한테 우리 이야기를 써도 되는지 물어봤다. 다행히도 다들 바로 괜찮다고 해줘서 글을 쓰기 시작했다.

내가 가장 우울했던 때 괜찮다고 해주고 내가 다시 학교에서 웃을 수 있게 해준 친구들에게 너무 고맙다. 내가 엄청나게 많이 변한 해였고, 가장 기억에 남은 2019년이었다. 누가 나에게 와서 가장 행복한 때로 보내 준다 하면 나는 중학교 2학년 2학기로 돌아갈 것이다. 글을 쓰면서 나와 친구들이 많이 변한 걸 느꼈고 이런 일이 있었지, 그랬었지 하며 회상하는 것이 재밌었다. 그리고 몇 년이 지난 후에 혹시라도 그 친구들과 자주 만나고 있지 못하더라도 이 글들을 보면서 행복감을 다시금 느끼고 싶다. 아마 이 글을 읽는다면 내가 먼저 다시 연락하지 않을까?

무엇보다 이런 글을 쓸 기회가 생겨서 좋았다. 동아리가 아니었다면 이렇게 친구들과의 일을 기록하는 일은 없었을 것이고 그냥 잊었을 것이다. 사람의 기억력이란 참 금방 흐려지니까. 이렇게 글을 쓸 수 있게 해준 동아리가 매우 고맙고 이런 글을 쓰게 허락해 준 나의 친구들도 고맙다.

# 문학으로 읽는 성장

Enjoy Writing Books

3학년 이준현

저를
소개합니다

이준현

- **나이** : 16세
- **나의 오랜 꿈** : 법조인
- **나의 취미** : 음악 감상, 독서
- **나의 매력** : 포기하지 않는 태도
- **좌우명** : 아름다움을 아는 사람이 되자
- **지금 이 순간의 가장 큰 관심사** : 진로 및 진학, 취미 개발

**나는 ○○하게 성장 중이다.**
: 다양한 경험을 하며 열심히 성장 중이다.

**나는 이런 어른이 되고 싶다.**
: 지난 일을 후회하지 않는 어른이 되고 싶다.
- 지난 일에 연연해서 지금 이 순간의 행복을 알지 못하는
  사람이 되지 않도록

# 프롤로그

    올해 책쓰기 동아리에 가입한 이후로 오랜 시간이 지났다. 코로나19라는 사회적 상황과 개인적인 사정이 겹치면서 글쓰기를 차일피일 미루게 되어 걱정이 되었는데, 문득 결심이 서서 결국 글을 끝마치게 되었다. 책쓰기 동아리에서는 두 번째로 쓰게 된 글인데, 첫 번째 글은 불과 1년 전에 완성된 글인데도 현재의 글과 비교해 보았을 때 주제나 가치관 등에서 많은 차이가 나타난다. 하지만 그것이 1년 동안 나는 이만큼 변화했다는 것을 보여 주는 지표라고 생각하고, 차이가 큰 것은 나의 글이 문제의식이나 사유의 깊이에 있어서 상당히 성장했기 때문이라고 보고 싶다. 그렇게 생각하면 또 다음 1년간의 변화를 기대하게 된다.

    우리 삶은 항상 변화의 연속이다. 세차게 흐르는 강줄기와 같아서 그 안에서 가만히 멈춰 있는 것은 찾아보기 힘들다. 작은 자갈이나 돌들은 물론이고, 스스로 움직일 수 있는 지느러미를 가진 물고

기들조차 강물의 흐름을 벗어나기는 쉽지 않다. 따라서 그 흐름을 휩쓸림이 아닌 유영으로 받아들이는 자세가 필요하다고 생각한다. 강물을 거슬러 오르기보다는 강물이 향하는 곳을 상상하자는 것이다. 삶의 모든 순간을 억센 투쟁으로 받아들이면 사는 것 자체가 피곤해진다. 삶의 흐름을 받아들이고, 목표를 세워 할 수 있는 일들을 해나가다 보면 삶의 아름다움을 발견하게 될 것이라고 생각한다. 작년 부족한 글에 항상 진심 어린 조언을 아끼지 않으신 선생님, 그리고 적극적으로 원고에 대한 의견을 내 준 동아리 부원들에게 감사하며 올해 나의 주제 '문학으로 읽는 성장'을 시작해 본다.

# # 1

## <차라투스트라는 이렇게 말했다>
### - 가장 궁극적인 차원에서의 성장

### 니체와 성장

우리 동아리에서 올해 글쓰기 주제로 선정한 '성장'이라는 간단한 주제를 논하면서 니체 같은 철학자가 왜 등장하느냐고 질문하고 싶은 독자가 있을지도 모르겠다. 그도 그럴 것이 니체는 철학사에 엄청난 대변혁을 가져온 철학자로써, [비극의 탄생], [차라투스트라는 이렇게 말했다], [인간적인, 너무나 인간적인] 등 이름만 대면 바로 알 법한 명저들을 남긴 유명한 저술가이기도 하다. 니체의 저서들은 주로 화려한 비유와 상징들 탓에 시적인 분위기를 풍긴다. 이 때문에 니체의 철학을 어렵고 심오한 내용으로 받아들이는 사람이 많은데, 표현이 복잡한 것은 사실이지만 니체는 철학적 사유의 배경과 그 내용이 매우 뚜렷하고 일관성 있는 철학자들 중 하나라고 생각한다. 거기에다 니체는 앞서 언급한 저서 [차라투스트라는 이렇게 말했다]를 통해 성장하는 인간에 대한 깊이 있는 사유를 한 바 있기에, 성장이라는 주제에 아주 잘 맞는 인물인 것이다.

니체는 상대적으로 짧은 생애에 비해 많은 저작 활동을 했는데, 그중 우리가 살펴볼 [차라투스트라는 이렇게 말했다]는 니체의 저서 중에서도 가장 중요한 작품으로 손꼽힌다.

철학사에서의 니체를 살펴보면, 여러분은 '신은 죽었다'라는 말을 한 번쯤은 들어 보았을 것이다. 이 말은 니체의 저서 [차라투스트라는 이렇게 말했다]에 등장하는 구절로, 철학사 전체를 통틀어서 가장 중요한 말들 중 하나로 평가받는다. 이 구절에서의 '신'은 19세기 초까지의 서양 철학을 지배했던 기독교적 이분법을 상징하는데, 니체는 이 구절을 통해 선과 악, 도덕과 비도덕, 이성과 비이성 등 모든 기독교적 이분법을 부정했으며, 그 영향을 받은 서양 철학과 유럽 지성사의 종말을 예견했다. 이렇듯 20세기 철학의 거대한 전환점을 마련한 니체가 우리에게도 나름 친숙할 만큼 높은 인지도를 가지는 것은 어찌 보면 당연하다.

\* \* \*

### 니체의 삶과 철학

니체는 1844년 프로이센의 뢰켄 마을에서 태어났다. 니체의 아버지는 목사였는데, 니체가 5살이 되던 해인 1849년 뇌 질환으로 세상을 떠나고 말았다. 아버지의 죽음 이후 니체는 할머니 아래에서 자라게 되었는데, 어린 시절부터 학업에 뛰어난 기량을 보여 1854년에는 김나지움에 입학했다. 이후 당시 독일 연방 전체를 통틀어서 가장 전통이 깊은 고급 교육 기관인 슐포르타에 입학하여 고대 그리스와 로마에 대해 배웠고, 점차 가족의 기독교적인 생활에서 멀어지게 되었다.

니체는 24살의 굉장히 젊은 나이로 바젤대학교의 고전문헌학 교수로 취임하였고, 1868년에는 음악가 리하르트 바그너를 만나 자주 교류하였다. 초기 바그너는 니체와 잘 맞는 사람이었다고 한다. 하지만 언젠가부터 바그너는 기독교적 도덕주의에 심취하였고, 이를 부정적으로 여기던 니체와 학문적으로 자주 충돌하였다. 이 시기 니체는 바그너와 충돌하면서 기독교적 이분법을 전면으로 부정하는 자신의 철학관을 확립하였고, 그 철학을 담은 활발한 저작 활동을 벌였다. 1869년에는 라이프치히 대학교에서는 논문 없이 저작물만으로 박사를 받기도 했다.

전 세계가 아는 철학자이지만 니체의 말년은 상대적으로 초라했다. 35세의 젊은 나이로 교수직을 내려놓은 니체는 건강 문제로 유럽 각지를 떠돌았는데, 37세에는 친구의 소개로 '루 살로메'라는 여인을 만나 청혼하지만 거절당했고, 이후 니체는 세 번이나 자살을 시도했다고 한다. 이후 니체는 악화된 건강으로 정신이상

상태까지 보이며, 위태로운 생활을 이어 나갔다.

반복적인 정신이상 증세로 힘겹게 살아가던 니체는 갑자기 이상 행동을 보이게 된다. 니체는 어머니와 함께 지내던 이탈리아 토리노에서 주인의 채찍질로 길가에 쓰러진 말을 목격했는데, 그 말에게 달려간 니체는 말을 껴안고 말에게 무엇인가를 말하며 울다가, 발작을 일으키고는 정신을 잃었다. 니체는 이후 정신병원에 입원하였고, 발작 후 생의 마지막 10년을 완전한 정신 상실자의 상태로 살았다고 한다. 체코의 대표적 소설가 밀란 쿤데라는 저서 [살아있는 존재의 빛]에서 니체의 이러한 행위는 인류가 다른 생명체에게 저질러온 폭력과 강압을 인류의 대표로써 사과하는 행위였다고 분석하였다. 그 진위는 알려지지 않았지만 내 개인적으로도 말 사건은 니체가 품고 있던 학문적 고통과 괴로움을 확실히 보여주는 것은 확실해 보인다. 니체는 실패한 사랑과 따라주지 않는 건강에 절망하며 삶에 대한 회의감으로부터 고통받았을 것이다. 하지만 니체의 이러한 삶에 대한 회의감은 니체로 하여금 현실 세계의 가치를 더 파고들 결심을 하게 했고, 이상 세계나 영원한 가치 등에 목메지 않고 삶 자체를 긍정하는 초월적 인간상에 대한 그의 철학적 고찰을 완성시켜 주었다.

### 영원회귀와 우버멘쉬

*"나는 항상 자기 자신을 초극해야 하는 것이다. 물론 그대들은 이것을 생산에의 의지, 또는 목표, 보다 높은 것, 보다 멀리 있는 것, 보다 다양한 것에의 충동이라고 부른다. 그러나 이러한 것들*

은 모두 한 가지 일이며 동일한 비밀이다."

　[차라투스트라는 이렇게 말했다]에서는 니체의 주요 철학 및 사상이 거의 모두 언급되는데, 그중 가장 중요한 개념은 바로 '영원회귀' 와 '위버멘쉬(초극인)'이다. 니체는 인간의 삶이란 동일한 과정의 무한한 반복이라고 보았으며, 이 반복의 과정을 영원회귀라고 지칭했다. 다시 말해 인간은 정확히 똑같은 존재로서 똑같은 정확히 똑같은 삶을 무한히 반복해서 살아가며, 이 과정이 바로 영원회귀라는 것이다. 예를 들어, 당신이 서울에 살고, 중소기업에 근무하며, 2명의 자식이 있고 정직을 중요한 도덕적 가치로 여기는 사람이라면 당신은 다음 생에도 그 다음 생에도 그 사람으로 태어나 그 사람으로서의 삶을 살아가는 것이다. 당신의 삶은 조금도 변하지 않는다. 그리고 이러한 과정은 무한히 반복된다.

　"나는 그대들에게 초인을 가르친다. 인간은 초극되어야 할 그 무엇이다. 그대들은 인간을 초극하기 위해서 무엇을 했는가?"

　니체는 이러한 반복 속에서 자신에게 주어진 운명을 받아들이고 삶 자체를 긍정하는 사람을 위버멘쉬, 즉 초극인이라고 이름 붙였다. 여기에서 다시 우리의 주제인 성장으로 잠시 돌아가 보자. 성장이란 과거와 비교했을 때 자신의 모습을 개선하는 것이다. 우리는 인생에서 많은 경험들을 하며, 문제점을 고치기도 하고 장점을 기르기도 하면서 조금씩 성장해 나간다. 그리고 그러한 성장의 과정에는 어느 정도의 고통과 고난이 뒤따른다. 하지만 니체의 위버멘 쉬는 이미 삶과 그 속의 모든 부산물들, 즉 고통과 고난까지도 모두 사랑할 수 있는 상태에 도달한 인간이기에 삶을 사랑하기만 할 뿐 삶이 고통스럽다고 생각하지 않는다. 오히려 위버멘쉬는 삶을 사 랑하므로, 자신이 극복하려고 노력했던 영원회귀, 즉 삶의 무한한 반복을 스스로 원하기까지 한다. 따라서 이 위버멘쉬는 모든 면에 서 우리의 대주제인 성장의 극치를 달리는 사람이라고 볼 수 있다.

## 니체와 인생의 의미

나는 왜 사는가? 여러분은 왜 살아가는가? 너무 어려운 질문이 라고 느껴진다면 다음 질문에 대답해 보라 : 여러분은 삶에서 어 떤 즐거움을 느끼는가? 또는 무엇이 여러분의 인생을 즐겁게 만들 어 주는가? 사랑하는 사람들과 함께하는 것, 내가 좋아하는 일을 하는 것, 새로운 인간관계를 만들어 나가는 것 등 다양한 대답이 나올 수 있다. 하지만 이러한 것들은 모두 니체가 추구하는 위버 멘쉬적 성장의 걸림돌이다. 니체는 삶을 이루는 구체적 요소에 얽 매이지 않고, 삶 그 자체를 사랑하는 것이 진정한 초극인의 자세 라고 보았다. 누군가와 함께해서, 또는 무엇을 할 수 있어서 삶을 사랑하는 것이 아니라, 그것이 삶이기 때문에 사랑하라는 것이다.

하지만 삶은 추상적 개념이고, 이를 사랑하라는 말은 왠지 어 렵게 들린다. 구체적인 대상이 없는 사랑이 과연 가능한 것일까? 하지만 니체의 '사랑'을 너무 곧이곧대로 받아들일 필요는 없다. 니체의 사랑은 우리가 흔히 생각하는 사랑처럼 대상의 여러 측면을 보고 큰 애정을 느끼는 일이 아니라, 대상의 본질을 있는 그대로 받아들이고, 이를 고민하다가 불필요한 고통을 받지 않는 일이기 때문이다. 이러한 사랑을 실천할 수 있는 인물이 바로 위버멘쉬이다. 이렇듯 자신에게 주어진 상황을 있는 그대로 받아들이는 법을 익히면, 자연스레 삶이 주는 고통을 견딜 수 있는 힘이 생기게 된다고 니체는 말한다.

## 니체가 전하는 삶의 자세

니체의 [차라투스트라는 이렇게 말했다]에서 자주 언급되는 또 다른 흥미로운 구절이 있다. 바로 "하늘에 대한 약속을 믿지 말고 대지를 사랑하라"라는 구절이다. 이는 기독교의 천국이나 플라톤의 이데아처럼 현실을 벗어난, 이상적 가치에 대한 동경을 버리고 현실의 삶을 사랑하라는 의미이다. 하지만 이 구절은 미래에 대한 불확실한 기대에서 삶의 행복을 찾지 말고, 현재의 삶에 충실하고 그 모습을 사랑하라는 의미로도 해석될 수 있다. 이러한 해석은 더 나은 학교, 더 나은 직장을 통해 더 나은 삶을 일구려 하는 현대인들의 모습과 결부된다. 오늘날의 현대인들은 밝은 미래를 위해 끊임없이 경쟁하고, 패배를 매우 두려워하는 경향을 보인다. 슬프게도 경쟁의 승패와는 관계없이 어쩔 수 없는 상황을 마주하고 밝은 미래를 포기하는 경우도 많다. 결국 진정한 승자라고 자부할 수 있는 사람은 소수만 남게 된다. 얼마나 불행한 일인가. 이러한 사람들에게 니체는 잠시 고개를 들어 삶의 아름다움을 만끽하고, 인생의 크고 작은 걸림돌에 신경 쓰지 않고 인생을 사랑할 것을 조언한다.

# #2

## <나를 있게 한 모든 것들>
## - 환경을 극복하는 개인

[나를 있게 한 모든 것들]은 1943년 출판된 베티 스미스의 소설이다. 이 책은 브루클린에서 살아가는 이민자 가정의 소녀 프랜시와 그 가족의 이야기를 다룬다. 주인공 프랜시는 매우 가난한 환경에서 힘겨운 어린 시절을 보내게 되지만, 가족들의 지지와 끊임없는 노력으로 결국 대학교에 입학하게 되고, 자신의 꿈인 작가에 한 발짝 다가서게 된다. [나를 있게 한 모든 것들]은 전 세계적으로 엄청난 판매 부수를 기록한 책으로, 브로드웨이 뮤지컬로 공연되기도 했다.

책의 작가 베티 스미스는 이 책이 자신의 '준 자서전(Semi-autobiography)'에 해당한다고 밝혔다. 여기서 우리는 베티 스미스가 주인공 프랜시와 유사한 불우한 가정환경에서 성장했으리라고 추측할 수 있다. 실제로 베티 스미스는 뉴욕 시의 브루클린에서 살았으며, 부모님은 독일인 이민 1세대이다. 따라서 베티 스미스는 이민자 가정에서 성장하면서 겪은 여러 가지 경험을 바탕으로 자신을 투영하여 프랜시라는 인물을 창작한 것으로 볼 수 있다.

* * *

### 프랜시가 보여 주는 불굴의 자세

책의 주인공인 프랜시는 가난 때문에 고통스러운 어린 시절을 보낸다. 먹을 것은 항상 부족했고, 교육 환경도 나빠 제대로 된 교육도 받지 못했으며, 설상가상으로 아버지도 일찍 여읜다. 하지만 프랜시는 할머니와 엄마의 노력으로 매일 밤 셰익스피어와 성경을 구해다 읽으며 가정 내에서 간단한 교육이나마 받게 된다. 특히 프랜시의 할머니는 셰익스피어는 인생의 모든 경이로움이 들어 있는 책이며, 프랜시가 셰익스피어를 읽으면 세상의 위대함을 깨닫고 지금 살고 있는 조그만 셋방이 세상의 전부가 아니라는 사실을 알게 될 것이라고 말하며 프랜시의 상상력을 북돋아 주었다. 책 읽기를 좋아하던 프랜시는 이를 계기로 작가의 꿈을 키울 수 있었다. 생활고로 학교를 그만두고 공장에서 일을 하게 되며 잠시 좌절하기도 했지만 포기하지 않고 계속해서 노력하였다. 그 결과 프랜시는 대학교에 진학하고, 행복한 삶을 얻는 데 성공하였다.

### 브루클린의 나무와 행복

*-프랜시의 가족들이 물과 퇴비를 듬뿍 주어 지극정성으로 보살폈던 전나무는 오래 전에 죽었지만, 마당의 그 나무, 사람들이 베어 넘겼고 그 뿌리도 태워 버리려고 했던 그 나무는 살아남았다.*

프랜시가 사는 브루클린의 작은 동네에는 큰 나무가 한 그루 자라고 있다. 이 나무는 어린 프랜시가 매일 보는 풍경이었는데, 미시간에서 대학을 다니다 잠시 어릴 적 살던 동네를 찾은 프랜시는 이 나무가 여전히 그 자리에 꿋꿋이 서 있는 것을 보고 나무의 생명력에 감탄한다. 이 나무는 가난을 극복하고 자신의 꿈을 이뤄낸 프랜시의 분신이기도 하며, 어려움과 시련을 극복하고 가치 있는 일을 추구하는 강한 개인의 모습을 상징하기도 한다. [나를 있게 한 모든 것들]의 영어 원제는 [A tree grows in brooklyn]으로, '브루클린에는 나무가 자란다'라는 뜻의 이 제목은 작가가 보여주고자 한 강한 개인의 모습을 더 분명히 드러낸다.

## 과거를 바라보는 현재-프랜시의 재회와 미래의 완성

개인적으로 [나를 있게 한 모든 것들]은 마지막 장면이 매우 인상적이었다. 대학에 진학해 행복한 삶을 얻은 후 자신이 어린 시절 살던 동네를 잠시 방문한 프랜시는, 저 멀리서 낡은 건물의 비상구에 쪼그려 앉아 책을 읽는 소녀를 발견하게 된다. 프랜시는 마치 소녀의 모습이 어릴 적 작가의 꿈을 키우던 자신의 모습 같아, 떠나기 전 소녀에게 "잘 있어, 프랜시."라고먼 발치에서 인사를 건넨다. 이는 고난을 극복하고 행복을 얻은 프랜시의 현재를 어릴 적의 프랜시와 유사한 인물과 연결시킴으로써, 희망적인 분위기를 연출하려는 시도라고 볼 수 있지 않을까. 우리들의 경우에도 꿈을 이루거나 성공한 우리의 모습을 상상하다 보면 자신감이 생기고 희망을 갖게 되는 경우가 많지 않은가. 이 장면은 독자로 하여금 현재의 상황이 힘들더라도 절망하지 않고, 완성된 미래를 그려 보며 낙관적인 사고를 하라는 작가의 의도를 이해시켜 준다.

**극복의 가치**

나, 그리고 우리는 프랜시의 삶에서 무엇을 배울 수 있을까? 프랜시의 삶에서 드러난 강한 개인의 모습은 우리에게 포기하지 않고 환경을 극복하는 태도에 대해 알게 한다. 프랜시는 가난이라는 현실적 어려움을 극복하고 자신의 꿈을 이루었다. 비록 프랜시가 문학 작품 속에 등장하는 가상의 인물이기는 하지만, 작가의 경험을 바탕으로 창조된 인물인 만큼 프랜시가 이루어낸 극복은 더 큰 의미를 지닌다.

프랜시가 작가의 어린 시절을 어느 정도 투영해 만들어졌다는 사실을 알고 책을 읽으면 독자는 프랜시의 인생에 숨겨진 가능성과 희망의 메시지를 발견하게 된다. 작가는 프랜시가 포기하지 않고 꿈을 이뤄내는 모습을 통해 힘든 현실에 지친 사람들에게 격려를 건내고 싶어 하는 것이다. 따라서 프랜시의 삶은 지금도 환경과 여건이라는 벽에 부딪혀 절망하고 있는 사람들에게 희망의 메시지를 전달한다.


**문학으로 읽는 성장**

지금까지 두 권의 책을 통해서 성장이라는 주제에 대해 살펴보았다. 내가 읽었던 책들 중 성장이라는 주제에 가장 잘 맞는다고 생각되는 책 두 권을 선정해 보았는데, 글로 그 내용과 나의 생각을 정리하고 나니 그 두 권의 책이 가진 가치를 재발견한 듯한 느낌이 든다. 처음 읽을 때는 보이지 않았던 구절들이 눈에 들어오고, 몰랐던 의미를 새롭게 발견하게 되어 마치 새로운 책을 읽은 느낌이다.

성장은 많은 문학 작품에서 다뤄지는 주제이다. 특히 성장의 시기를 보내는 청소년들을 대상으로 하는 문학 작품들에서 가장 쉽게 찾아볼 수 있다. 성장이 주제로 사용된 작품들은 각자 독특한 방식으로 성장을 정의내리고, 각각 다른 가치를 부여한다. 성장 문학의 작가들은 자신의 성장 경험을 바탕으로 성장 중인 독자들에게 진심 어린 조언을 전하기도 하고, 이미 스스로 다 성장해버렸다고 믿는 독자들의 잠재력을 깨닫게 해주기도 한다. 성장은 매우 가치 있는 일이다. 어떤 방식으로 이루어지든, 성장은 더 나은 스스로를 마주하게 해주는 길이며, 미래로 나아가게 해주는 원동력이 된다. 여러분은 앞서 소개된 두 편의 문학 작품에서 이를 느꼈으리라고 생각한다.

성장의 과정은 남들보다 빠를 수도, 더딜 수도 있다. 하지만 빠르다고 해서 남들보다 성숙한 것도, 더디다고 해서 남들보다 철이 없는 것도 아니다. 누구나 자신만의 성장 주기가 있다. 이것이 남들과 맞지 않다고 해서 실망할 필요는 없다. 자기 자신의 개선이 빨리 이루어지지 않는다고 실망하면 삶이 우울해질뿐더러, 유의미한 개선을 이룰 확률도 적어진다. 그러니 조바심 내지 않고 차분히 노력을 해 나가는 것이 중요하다. 성장 문학의 작가들처럼은 아니지만, 앞으로 나와 여러분의 성장이 잘 완성되기를 바라는 마음으로 짧게 두 작품을 소개를 했다. 기회가 된다면 한번 읽어 보기를 바란다.

마지막으로 '빠르지 않아도 괜찮다. 지금 우리는 충분히 잘 성장하고 있다.'고 모두에게 말하며 글을 마친다.